屋久悠樹
Yuki Yaku Presents
Fly
Illustration
弱角
友崎同學
The Low Tier Charact
"TOMOZAKI-kun
Level.1
Lv.10
日本小學館正式授權繁體中文版

弱角友崎同學 Lv.10

屋久悠樹
Yuki Yaku Presents
Fly
Illustration Fly
The Low Tier Character "TOMOZAKI-kun"; Level.9

角色介紹

友崎文也
高中二年級。弱角。

日南葵
高中二年級。學校的完美女主角。

七海深奈實
高中二年級。開心果。

夏林花火
高中二年級。小個子。

泉優鈴
高中二年級。很吃得開的女孩子。

菊池風香
高中二年級。喜歡看書。

水澤孝弘
高中二年級。志願當美容師。

中村修二
高中二年級。在班上是頭目的地位。

竹井
高中二年級。體格很好。

成田鶇
高中一年級。很多方面都很自由自在。

紺野繪里香
高中二年級。班上的女王。

雷娜
二十歲。愛喝酒。

足輕
「AttaFami」職業玩家。

The Low Tier Character "TOMOZAKI-kun": Level.10

CONTENTS

0

若是整體架構不夠完善，那就證明據此推定出的定理本身也不完善。

看到這一排排充滿矛盾的數字，我覺得那跟我好像。

這反映出來的是絕望，認真說來永遠都不可能找到正確的解答，但同時也蘊含希望，因為這世上不存在完美的東西，唯獨這一點是值得相信的，不過更重要的是——「這些都是最真實的至理」，我很喜歡那句話透出的冰冷觸感。

巧妙將價值觀寄託在文學表現上，誤以為心中那份感動是真的。

將情感帶入，沉醉在沁人心脾的傷感中，為那份舒適的共鳴感自我陶醉。

對我而言，去相信那些假象是最痛苦的事情，為了模糊事件的本質，創造出用來排解痛苦的故事，最終只會淪為逃避現實的道具。窮盡一切抽絲剝繭來加以證明，那樣好多了。

不覺得寂寞——說這種話就像在逞強，我個人說不出口，但比起獲得喘息空間，我更想尋求正確性，這都是我最真實的想法。

如今想想，我可能早就麻痺了吧。

除了我，其他人一定都偏好謊言，那讓人聽了心情舒坦，具有麻痺作用。

而我肯定只重視如寒冰般冷酷的理論。

謊言與理論哪個比較吸引人，不用想也知道，於是我為了尋找真相，回過神發現自己早已選擇走上孤獨之路。

我一路走來所做的事情都是要用來說服這個世界，那些行為變得越來越講求正確性。

像是習慣飼養猛獸的馴獸師，一直以來都戴上假面具故作輕鬆。

結果不會騙人。

結果不會騙人。

只有結果是不會騙人的。

與他人培育友情，跟人談戀愛，品嘗到失敗的滋味。還將情感帶入——心緒為此上下起伏。

一同體驗其他人經歷的人生，還會因此感到幸福，我不相信那是真的。

要獲得救贖，哪有這麼容易。

1　只會發生在特定日子的事件通常是重要關鍵

在早上的第二服裝教室裡，就只有我一個人。

這我進去之前就知道了，假使那傢伙真的一如往常坐在教室裡的某個位置上，還一臉淡漠的樣子，我現在也不曉得該跟她說些什麼才好吧。所以從某方面來說，其實我鬆了一口氣。

但就算是那樣好了，我還是希望她可以出現在這。

我點明日南隱藏在不合理行動後的真實意圖。

也就是講出那傢伙之所以指導我進行「人生攻略」的理由。

之後日南就沒有再跟我聯絡，也沒有過來這邊。從那之後已經過了兩個禮拜左右。

時間來到二月中旬。失去寄託信念的對象，我感覺自己連手指都在發冷，但我還是選擇相信她，這份自顧自的期待令我內心糾結不已。明明知道再怎麼等都等不到她，我卻還在做垂死的掙扎，跑到這個地方來。如果去教室那邊，應該能見到日南，可是待在那的她不是我想對談的那個她。

但這樣一點都不奇怪，算是很正常的結果吧。

日南為了證明自己是對的，一直以來都只是在利用友崎文也這個角色。如今我發現真相，她就沒辦法像之前那樣繼續求證。

——叮咚——鏘咚——

隔著操場，新校舍就在對面，我聽見那邊傳來上課預備鐘的鐘響。舊校舍這邊的廣播系統已經故障了，疑似有點接觸不良，只能聽到一些破碎的雜音，有時覺得就快找回原本的輪廓，卻在下一秒變回之前那種破碎音，荼毒我的耳朵。這聽來刺耳的聲響讓人想起老舊收音機，那聲音給人懷念的感覺，有時又令人不安，巧妙呼應我現在的心境。

這幾天以來已經聽過好幾次了，那聲響不帶任何情感，在宣告等待時間已然結束。

「……還是沒來啊。」

我發出一聲嘆息，原本還把書包放在那傢伙平常坐的座位上，像是要幫她占位子，這下我又把書包拿起。獨自走上先前已走過無數次的走廊。

＊　＊　＊

在走廊上走著走著，我隨手打開跟日南的 LINE 通訊畫面。

『明天早上我會在第二服裝教室等妳。』

『明天我也會去。』

『之後的每一天都會像以往那樣過去，妳想來就來吧。』

這些都是我單方面發給日南的訊息。

她都沒有回訊，只留下已讀不回的標示。

人家都沒有回覆了，還像這樣一天到晚發訊息過去，我知道看在一般人眼中會覺得很噁心。

但我這麼做也是迫於無奈。

日南葵只是在利用我的人生。

原以為我跟她之間起碼會出現一點牽絆，如今那些或許都是空談。

但我還是一直緊巴著她不放，其中的緣由就連我自己都難以用言語形容。

那是出於依賴，出於同情——或者另有其他原因？

我想要弄清楚。

足輕先生曾經指出我的錯處。

說我太獨善其身，不願意去關心他人，也不願外人介入太多。

做選擇就要負起責任，舉凡將這些推給其他人承擔，或是反過來背負某個人的人生——一旦關係演變至此，我都會出於本能拒絕，專門從事個人競賽的玩家才會有這樣的本能，那早已在內心深處生根。

說老實話，我根本不可能和任何人攜手同行。

可是就在之前的某一刻，我卻想超越這樣的個人主義範疇。

針對某個特殊領域，我萌生了越界的想法。

背後是基於什麼樣的原因，我想弄明白。

除此之外，有件事情我還是知道的。

先前得知日南都在拿自己的人生和我的人生進行「論證」。

當下我——只覺得悲傷不已。

＊　＊　＊

一進到教室裡頭，我的目光自然而然轉向某個方向。

「那這樣小櫻到底喜歡誰呀～？」

日南正跟深實實和小玉玉她們那群人有說有笑，現在正好在捉弄跟她們屬於同一個群體的柏崎同學。

「葵都用這種方式轉移話題～！」

「誰叫妳給人機會轉移呀！」

那是沒什麼防備的笑容，說話的方式不大有隔閡。

這表示她很信賴對方，而且跟其他人比起來，她在態度上還表現得更為親近一些。

說穿了——這都是為了迷惑他人，好讓自己在人生中圓滑處事的精密安排。

做到這麼徹底才像日南葵，所以身為玩家的我很尊敬她。但事實上，與其說這是為了圓滑處事，倒不如說她正在做的事情更為殘酷。

「葵好奸詐喔～」

這不是欺騙，也不是諂媚。

而是在利用他人，來一一證明自己是對的。這才是日南葵真正的面貌。

柏崎同學是真的笑得很開心，顯然她很信賴日南，能夠和日南在對等的立場上聊天，甚至還為此感到優越。

這個女孩子很完美，但是又有點少根筋，因此人們才會敬愛她，大家都很喜歡她。

能夠跟這樣的女孩子待在同一個群體裡，這點令人開心，對自己來說是很有價值的。

身上披著精心粉飾的外殼，去刺激人們想要被承認、尋找歸屬感的渴望，徹底支配這個世界。那是日南葵一手打造出來的樣貌——「日南葵」應有的樣貌。

因此可以確定的是——即便日南葵和柏崎同學在聊天，她們的心靈也沒有相通。

大概是察覺我正在看她們，深實實注意到我，還跟我對看。她用力揮手並朝我走過來，對我露出笑容。

「早安——！軍師今天也很慢呢！」

這幾日以來，深實實來找我的次數變多了。因為她知道不久前我為菊池同學的事意志消沉？或者發現我最近的樣子怪怪的，還是說——單純只是太閒？雖然不知道哪個才是正確答案，但她那麼做都讓我有得救的感覺。

「喔、喔喔，有嗎？」

就像這樣，我裝出平常會有的樣子並做出回應，接著深實實就在我面前稍微壓低音量，說了這麼一句話。

「對了，友崎。有件事情想確認一下……」

那句話就只有我能聽見，這讓我不由得繃緊神經。不久之前，我還打算循序漸進跟大家疏離，最先察覺事態有異的人就是深實實。

那這次她也——看來好像不是那樣。

「我們在說大家要一起交換巧克力的事情……風香那邊沒問題嗎？」

「巧克力是……喔喔。」

才剛回問到一半，我馬上意會過來。

「沒問題……我已經約好放學後要跟菊池同學見面。」

「啊，那就好！」

對。今天是二月十四日，也就是情人節。

「碰到這種日子，軍師你就算號稱自己忘了也不奇怪。」

「少、少囉嗦。我有在進步啦。」

「啊哈哈，也是啦！」

自從我跟菊池同學開始交往後，這是我們遇到的第一個情人節，已經約好放學後單獨見面。是說一個禮拜前我都還不記得這檔事，這我要好好反省。

「都已經在交往了……這不能忘啊。」

我說這話，同時也是在畫出界線，來規範自己所要承擔的範圍。

我跟菊池同學的關係還沒進展到跳脫個人範疇，足以開始為彼此承擔責任。但不一定事事都要做到滿，或是劃分乾淨，也許我們能夠在這之間的模糊地帶找到一個平衡點。

雖然某些事做起來可能也算是流於形式，但我們為了培養關係，決定找時間待在一起。我個人的價值觀是偏向各過各的，造下這樣的「業」，菊池同學還是選擇尊重。

「嗯……也對。」

現在的我已經不是以前的弱角了，深實實話說到一半略為停頓，那停頓代表什麼，我大概能猜到幾分。

即便如此，我手上能夠承載的負擔還是有限。既然不能負起更多責任，我就不該進一步介入。

「了解——！那你要好好期待喔！期待我給的『義理巧克力』！」

「……哈哈哈。好，我會期待的。」

伴隨誇張的動作，深實實說了些危險的話，我選擇客套回應。其中並沒有夾帶謊言成分，也並非不忠於自我。

只是我已經決定了，要珍惜在我心中分量更重的人。

「嗯……敬請期待。」

深實實也做出跟我一樣的客套回應。

既然這個人已經落到我的手掌心外，我就只能在足以負起責任的範圍內與之交談。

這幾個月來，我對這點已經有了深切的體悟。

——不料這時。

「深實實～！妳怎麼啦——？」

來人對我們用開朗又自然的語氣說話，她正是日南葵。

日南一臉不滿，在看我和深實實的時候，臉上還帶著戲謔的笑容。我們兩個遠離人群單獨說話，拿出這樣的態度應對實屬正常。

只不過。

「呵、呵、呵～！才不告訴妳！」

「什麼嘛——？既然這樣……」

那經過重重粉飾的虛假表情足以讓人心情沉到沼底，虛假到不行，它正扭曲地動著。

「——友崎同學，你來說吧！」

從她口中脫口而出的一番話，不帶半點真心、誠意，也不用負任何責任。

那正是日南此刻的寫照，用「稀鬆平常的語氣」呼喚「我的名字」。

她根據她那灰暗的理論跟人做些無意義的互動，這讓我的心變得冰冷不已。

＊　＊　＊

這天到了午休時間。

我人在學校餐廳，正跟平常那群朋友一起廝混，和他們一起交換巧克力。我們一群人浩浩蕩蕩總共有八個，內側那邊有一張大桌子，中村、水澤、竹井還有我圍著桌子坐，女生陣營則有日南、泉、深實實和小玉玉，都是平常那些熟面孔。大家都已經吃完午餐了，接下來似乎要開始交換巧克力。

日南就坐在我的斜右前方，臉上帶著親切的笑容，扮演平常那個完美女主角。如今日南葵「這個人」就坐在那。

「你們這些臭小子，都給我收下——！」

有人邊發巧克力邊吼叫，那大喊的樣子就像搶到標的物的土匪一樣，這人自然就是深實實，我隨波逐流收下一個透明的袋子，隔著透明袋子能夠看見形狀像星星的巧克力。巧克力上有白色跟紅色混雜而成的大理石花紋，模樣像是外觀粗糙的海星，但說老實話，根本看不出原本想做的是什麼東西。一看就知道這真的是親手做的。

話說世人是不是都叫它友誼巧克力呀？不只是男生，深實實連女生都送。這就是所謂的多樣性嗎？

「啊啊？這什麼鬼？」

有個男人在這時皺起眉頭，毫不留情地開口，這男人樣貌上魄力與殺氣兼具，相對的一點親和力都沒有，他就是中村。可是深實實完全沒有將那股壓迫感放在眼裡，嘴裡說著「呵、呵、呵，你小子看不出來啊？」還裝出在摸下巴鬍子的動作，笑得一臉得意。

沒看懂的似乎不只我跟中村，日南也不解地看著那樣東西。

「……這是海星？」

「才不是——！」

深實實笑得很開心，但日南猜這種東西還會猜錯，這就有點罕見了。而且她跟我一樣都想成某種東西，那就更稀奇了。不曉得她是故意猜錯，還是真的看不出來，這點無從判斷，總之那對日南來說肯定都是小事吧。

就在此時，小玉玉笑咪咪地望著那個巧克力。

「謝謝！這是那個吧？就是那個土偶——」

當她將這話不經意脫口而出，深實實立刻開心回應。

「猜對了！不愧是我的小玉！」

「這、這是那個……？」

我用疑惑的語氣接話。她說的那個土偶，應該是大家一起佩戴的謎樣掛飾吧。頭、手跟腳加起來確實有五樣凸出物，在這些部位上的數量是一致沒錯。

只不過，我朝周圍看了看，意外發現水澤跟泉都看出那巧克力是在模仿土偶掛飾，泉還說「要弄出條紋很困難呢～」出面緩和氣氛。用來展現其溫柔的反射神經實在太敏銳了。

「來，我的是這個！」

接著泉也順勢送大家巧克力。上頭畫著疑似貓咪角色的小袋子交到大家手中，一拿到那樣東西，竹井就興高采烈地打開。

「喔喔——！看起來超好吃的耶——！」

我看看竹井手上拿的東西，發現那是很像溼式蛋糕的黑巧克力。

「我這次試做法式古典巧克力蛋糕！」

原來如此，這個好像叫做「法式古典巧克力蛋糕」。除了學會新的基礎知識，我還從泉手中接過巧克力蛋糕，說了一句「謝謝」以示感激。

緊接著日南也說「那我也來送一下～」面帶笑容取出紙袋。

「我想說這個看起來好像很好吃！」

只見她拿出來的東西有著美麗外包裝，那八成是產自國外的巧克力。一看到那個外包裝，泉眼裡就明顯綻放光芒。

「啊——！聽說這個很好吃！我之前就想吃吃看了——！」

她變得很興奮，迫不及待接過。大家都是親手做的，就只有日南不是親手製作，這點令人感到意外，是因為重視效率不想浪費時間才會那樣吧？或許日南是經過深思熟慮才做出這樣的選擇也說不定。

「我喜歡吃這個！」

就連小玉玉都給予肯定。不愧是西點麵包店的千金，看來她有吃過。是說，她都說要開始認真幫忙家業了，想必對這種公認的美味巧克力很熟悉。

可是日南選擇頗有名氣的市售巧克力來當禮物，這件事情看在我眼中總覺得有點不對勁。雖然這次並沒有發生接下來要說的情形，但日南應該早就猜到這麼做有可能會跟其他人重複，她卻容許這樣的可能性存在。

姑且不管那些，日南將巧克力一一分給大家。

「來，這是友崎同學的！」

在那之後就不來第二服裝教室，而且還一直拒絕和我對談，這樣的日南來到這後，以她平常會用的稱呼叫我。我先前點明日南做事並非出自真心，還暴露她的企圖，我們兩人的戰友關係已經持續半年以上，卻因此出現巨大的裂痕，然而她卻一副什麼事都沒發生過的樣子。

她叫我名字時顯得雲淡風輕，像是要避免這一舉動給人有任何遐想。

我看不出日南在送巧克力的時候，當下是怎樣的心情。

「……啊。」

從對方手中遞過來的巧克力，我正打算接下，可是那瞬間卻沒有抓好，導致巧克力掉在桌子上。東西沒有成功交到我手中，巧克力無力地在桌子上「啪噠」一聲倒下。

「抱、抱歉。」

一面道歉，我打算伸手將巧克力撿起來，日南也在那時伸手過來，她的指尖觸碰到我的手。

那指尖非常冰冷，就好像沒有血液在流通的機械一樣。可是這樣的指尖一直到指甲全都很端正美麗，讓這個人看上去比任何人都要來得完美。這樣的矛盾令我本能感到詭異。

先把巧克力撿起來的人是日南。

「還好嗎？有沒有摔破？」

「……沒事。」

日南邊說話邊把巧克力交到我手中，我不知究竟該用怎樣的聲色來回應，於是雙眼變得不敢直視她，選擇用乏味的字眼回應。

她為什麼對 LINE 訊息視若無睹，連第二服裝教室都不來了？假如我現在突然說這些，情況又會變得如何？

或許是失落感令我感到悲傷吧，我腦子裡不由得浮現奇怪想法，但那些想像只維持短短一剎那，之後就不想了。

因為我並不打算否決她的生存方式，不僅如此，在面對人生這場遊戲時，她這位玩家是很值得尊敬的。

因此只要是日南想要的，並為此實現的結果，我都會予以尊重。

「到我了，鏘——！」

思考到一半，已經學會裝可愛的小玉玉用那歡快明亮的聲音將我拉回現實，把我拉離那個黑暗的地方。這時日南早就已經沒在看我，而是改看其他地方，再也沒有跟我對望。

「咦——!?小玉妳的巧克力看起來超豪華耶!?」

「呵呵呵，我們家可是在開西點店。這當然是我親手做的。」

「也就是說，送這個巧克力是在向我示愛！」

這對我來說是初次體驗的熱鬧情人節——從某方面來說，在我之前經歷過的情人節裡，這也是最孤單的一次。

＊　＊　＊

後來到了放學時間。

我跟菊池同學一起放學回家，現在來到離菊池同學家最近的車站北朝霞，我們人在車站附近的公園裡，一起坐在長板凳上。

「這、這個給你！」

在這發生的事情自然用不著多說，又是來送巧克力的。菊池同學給我一個藍色的袋子。

「謝、謝謝。」

跟中午的巧克力交換大會不同，這次贈送的巧克力已經確定是「本命巧克力」，害我心緒浮動，陷入絕妙的羞恥境地。

相較於「其他人」，我跟菊池同學之間的心靈距離更短，和她在一起的這段時光為我帶來溫暖，掩去失去重要之物的孤獨感。

如今回想起來，每當我失去一些東西，總是會從菊池同學那獲得救贖。

「這是我……很努力做的……」

當菊池同學這話一出口，我突然有所驚覺。

「啊……」

「你、你怎麼了？」

對。甚至連回顧以往的人生都免了，那算是很順理成章的事情。

「這可能是我人生中……第一次有女孩子送本命巧克力給我。」

「!?」

這讓菊池同學頓時用力縮住身子，還抬頭仰望我。我已經決定要跟菊池同學建立彼此信賴的關係，對方會縮著身體是因為我太噁心——這樣的想法我已經不會再有了。已經懂她的反應肯定是在害羞。因為我已經變強了。

「我、我也一樣！」

緊接著菊池同學用雙手將那包巧克力按到我胸前。

「親手製作……送某人本命巧克力，這些都是我人生中的初體驗……！」

「⁉」

這次換我被菊池同學的話弄到很害羞，出現跟她一樣的反應。但我這個時候若是也縮著身體抬頭看菊池同學──說這種話可不是在自嘲，那麼做一定會讓人難以接受，於是我逼自己只到臉紅就打住。正確說來，就算不想讓臉變得那麼燙，我還是無法控制自己，事情才會變成這樣。

「呃──聽到這種話很開心……也不曉得這樣說對不對……」

「我、我會……覺得很開心，可以把第一次做的本命巧克力送給文也同學……」

「這、這樣啊。」

那句話意義深遠，讓我的臉變得更熱了。

該怎麼說呢，用我的話來講會想吐槽「你們兩個乾脆到死都這樣好了」，雖然做出會讓人想吐槽的行為，但我又不是故意那麼做的，大家就原諒我吧。以前我會看著在世上蔓延的情侶們默默詛咒，現在遭到報應了。

「……可以打開嗎？」

「嗯。」

那一小包白色的禮物用水藍色緞帶綁著。說到情人節，往往會想到紅色、粉紅色或愛心，去選擇水藍色這種冷色系的顏色，實在很有菊池同學的風格。讓我覺得這就是專屬於我的歸宿，不由得感到開心。

「喔喔！……看起來好好吃。」

裡面放的巧克力撒了很多像是白色粉末的東西，一看就很像菊池同學會做的款式。那一包東西只有巴掌大，裡面放了五個圓形的巧克力，一想到這是專門為我花時間做的，我就覺得這些巧克力和這段時光變得更加惹人憐愛。

「我現在可以吃嗎？」

「嗯、嗯嗯。」

被我這麼一問，不知為何菊池同學換上不安的表情，微微地點點頭。她那樣的表情令我不解地歪頭——

「那個……我不確定做得好不好吃，覺得很不安……」

看到菊池同學說這種話，我心裡想著「既然這樣——」並將巧克力一口吃下。

「哇哇!?」

菊池同學當下很驚訝，我在她旁邊慢慢品嘗巧克力。

我用牙齒咬了口質感偏軟的巧克力，帶有一點苦味的醬料從裡面跑出來，跟外側的香甜滋味互相調和。撒在外面的粉末好像是細砂糖，跟內側醬料的苦味和可可香氣混合在一起，挑逗我的鼻腔和舌頭。

「這個好好吃……」

「謝、謝謝誇獎……」

我這個人不太會說客套話，那是我如假包換的真心話。是說知道這個東西是菊池同學送的，我當下就已經認定東西很美味了，她其實用不著擔心。就算口感跟乾麵包一樣硬，我敢說我也能吃得津津有味。

接著我將那顆巧克力吞下，把袋子上的繩帶重新綁好，束起開口。

「謝謝，剩的晚點再慢慢享用。」

為了展現我有多開心，現在是不是該當場全部吃完啊……？那個念頭瞬間從腦海中閃過，但我又不是超級大胃王，現在一口氣吃掉五個未免太可怕，我好歹能做出正確的判斷，於是就把書包打開，將菊池同學做的巧克力收好，收完迅速起身。

再說那又不是我真心想做的事情，只是為了討對方歡心就去做——這會變成是在交際應酬。

「我送妳到家門前吧。」

「好、好的！」

當我一站起來，這才看出菊池同學的視線對著斜下方。

我的書包就在視線前方，那讓我不解地歪頭。剛才打開的時候，裡面是不是剛好裝了什麼奇怪的東西啊……想到這邊，我心裡突然有譜了。

「啊——抱歉，妳是不是會介意？……在看其他人送的巧克力吧。」

對。在我的書包裡，滿滿都是大家午休時間送的巧克力。

開始跟人交往才明白一些事情，菊池同學若是看到我跟班上其他同學關係不錯——主要是異性，她似乎就會感到不安，而且程度上還超乎我預期。可是菊池同學說過好幾次了，若我要去追尋更寬廣的世界，她不希望成為阻礙，菊池同學常常在選擇之間左右為難，這情形我已經目睹無數次。

「對、對不起……」

她沒有承認也沒有否認，只是一個勁地道歉。就心情面而言，她肯定是想承認自己會感到不安，然而為了追逐所謂的理想，菊池同學會想要否認吧。這之中存在難以解決的矛盾，但我們兩人的關係正在向前邁進，對於這樣的事情很快就能釋懷。

「抱歉，唔──雖然都已經收了，但我應該更加注意，盡量不要讓妳看見。」

會說出這種話，代表我仍想貫徹個人主義，但卻願意在這之中尋找妥協之道。

只見菊池同學猶豫了一下，之後抬頭看我並開口說了些話。

「不用了……沒關係的。」

她說完就低下頭，安靜地站到我身邊。

「！」

就在那個時候，我的手掌心碰到一樣柔軟的東西。我們雙方手與手之間的距離近到能夠感受彼此的體溫，連二月那冰涼的空氣都沒有介入的餘地。

「能夠這麼做的，只有我對吧……？」

再一次，就像是用言語對我施魔法。

「……是啊。就只有菊池同學能這麼做。」

我也跟著點點頭，並回握那隻手。

並非我的處境起了任何變化，只是換了不同的角度看待，讓世界變得截然不同。

這是菊池同學教我的——同時也是來自另一個人的教導，對我來說是很珍貴的收穫。

若是要讓雙方的關係或存在變得特別起來，這個魔法是不可或缺的吧。

因為光只是這麼做，我的心——甚至是菊池同學的心，都會變得如此滿足。

「……唔。」

然而此時有些畫面在我腦海中浮現，就是今天日南露出的表情，還有那冰冷的指尖。

那傢伙在利用自己的人生，要證明自己是正確的。

而且那樣還不滿足，還把我這個人當成遊戲角色來用，接上遊戲手把操控。

她甚至還想證明那一套理論能夠重複用在其他人身上。

可是——那傢伙直到現在都還戴著冰冷又厚重的假面具，以圓融處世為名理出一套又一套的理論，不停驗證下去。

這代表那傢伙心中的空虛、某種空缺——

就算利用自己或利用我來做驗證，依然無法被填補。

她在班上已經得到想要的地位，人人都尊敬她，對她很有好感。

而且還改造我的外表、說話方式，以及跟人相處的手法，一切都經她改寫。

——更因此讓我交到菊池同學這個理想的女朋友，她是真的能夠理解我的人。

假如這樣，日南的心還是無法滿足。
那她究竟要繼續追尋到什麼地步，才足以印證她心中的「正確性」？
「……友崎同學，你怎麼了？」
「沒事……沒什麼。」
就這樣，雖然我們兩個彼此之間都懷著不能為外人道的心思，手卻還是牢牢地牽在一起，我倆開始邁步走向菊池同學的家。

＊　＊　＊

「在那之後……你們還好嗎？」
此刻我們正準備通過經常走的那座橋，菊池同學卻放緩腳步，說了這麼一句話。
「在那之後是指——？」
她話裡的意思，我已經猜到一半了，但我還是害怕直接用言語點明，這才反射性拿那句話原封不動回問對方。
「就是……我在想你跟日南同學之間……應該沒什麼吧……」
她曾經從我這邊聽說過隻字片語，還拿艾爾希雅來創作故事，具備相應的洞察力。單憑這些，菊池同學曾試圖找出驅使日南行動的核心所在。
雖然這給了我重大提示，讓我得以察覺真相，但同時也形同從深底挖掘出一些東西，那將會引發無可挽回的後果。

「……這——」

因此我當下不知該做何反應。

我曾經當著日南的面揭露那傢伙行動上的真正意圖，她的意圖從某方面來說堪稱怪誕，但換個角度來看又顯得很迫切，感覺她都快走投無路了。

就像「純混血與冰淇淋」裡的無血少女艾爾希雅那樣，為了自我肯定，一直在追求某種顯而易見的價值。

渴望找到一些東西，來證明自身存在是有意義的，是那份孤獨導致心中出現糾結。

「就像菊池同學說的那樣。」

我想我能說的，就只有這些了。

「日南她——就是艾爾希雅。」

只需要這句話，菊池同學就能明白一切吧。至於她不能理解的部分，那就算是日南葵這個人的私人問題，不一定非得將一切都弄得明白透徹。我是那麼想的。

「……這樣啊。」

這時菊池同學垂下眼眸，咬住脣瓣。

「那麼日南同學她……還會繼續作戰下去……」

「作戰……嗯，說得也是。」

拿這句話來形容日南，莫名有種貼切感。

她口中的話都不是出自真心，說起跟其他人的關係，也只是把他人當成道具看待。

雙方明明就沒有心靈相通，卻讓對方單方面產生誤解，以為他們是心靈契合的。這只會讓她被無可救藥的孤獨感包圍，但她還是只顧著驗證正確性，更把那當成心靈支柱。

這不叫作戰，又該叫什麼？

「她今天……還是一直在作戰。」

我們兩人都看過相同的故事，知道艾爾希雅是怎樣的一個人。

『我所不知道的飛翔方式』。

『純混血與冰淇淋』。

出現在這兩個故事裡的艾爾希雅，雖然家世背景和生長環境各不相同，但她們一樣都找不到真心想做的事情，只知道去獲取世人認為有價值的東西，用來證明自己的價值。

艾爾希雅很優秀，既聰明又美麗。

可是她卻不知道自己真正的喜好是什麼，沒有中心思想，再加上沒有血液，無法用來確知自己的種族或定義自身存在，她為此感到苦惱，不斷掙扎、奮戰。

一直以來──都是孤身一人。

「那個……文也同學。」

「……嗯？」

除此之外，我跟菊池同學還共享另一則故事。

「日南同學她──還會繼續指導文也同學進行人生攻略嗎？」

沒錯。

那個故事就是「我跟日南葵的人生攻略」。

「……不曉得。」

面對這個問題，我答不上來。

日南在一切行動上都別有用心。可是她教會我攻略人生的方法，曾經持續做這種事做了一段期間，乍看之下那對日南一點好處都沒有。菊池同學將其中的矛盾點出，當成問題問我，那讓我進一步思考並將發覺的真相告知日南。答案也經過印證。

在那之後我都不曾跟「日南」真正對談過。

「或許這樣的關係……已經結束了。」

「……咦？」

聽到我那麼說，菊池同學臉色大變。

「為、為什麼……那對文也同學來說不是很重要的一段關係嗎？」

「……原本是那樣沒錯。」

「對不起，都怪我做了多餘的事情——」

「不，不是因為妳。」

菊池同學顯得很自責，我打斷她的話。但這不只是為了安撫菊池同學。

「反正總有一天還是得去確認真假。」

其實我也希望那樣。

因為我一直抱持疑問。

「如果想要讓這段關係持續下去，總有一天……我必須深入探究。」

照理說我這個人應該是很獨善其身的。

但唯獨對日南會想跨越界線，超脫個人範疇。

想必那用不著菊池同學言明，在我心中一直都有這份情感擺盪。

「文也同學，你很希望……改變日南同學的世界吧。」

這話說得有些落寞。我曾經在第二服裝教室將那些想法告知菊池同學。

我心中還存在一堵牆，到現在依然無法跟菊池同學一起跨越。希望未來我們之間的關係能夠有所進展，讓我們為彼此負責，現在才在為那個目標努力而已。

不過菊池同學已經知道了，日南在我心中的定位不是這樣。

「……嗯……可是。」

被菊池同學用那率真的眼神質問，我再次回想日南真正的意圖。

接著想起這幾天來跟日南的對話。

「我也不確定自己是不是真的想那麼做……」

在我心中，開始對某件事感到迷惘。

「……你是說——」

那迷惘變得越來越深。

「我已經把我心中的想法告訴她了……日南也不否認。還說我應該很生氣吧，表情變得有點悲傷，之後就從那邊離開了。」

那件事情是發生在兩個禮拜以前，當時那冰冷又落寞的聲音，我彷彿現在還能聽見。

「我發 LINE 訊息給她也沒收到回應，跟大家在一起的時候，日南和我對應的方式就好像什麼都沒發生過……」

對於這點，或許我其實是感到悲傷的。

「她現在是在拒絕我。」

我說話的語氣可能有點重。但那反映出心中的真實感受。

「原來是……這樣啊。」

菊池同學一直用那雙溼潤的眼眸望著我。

就在這個時候，我想起暑假發生過的事情。

如今回想起來，當時日南也將我拒於千里之外。

是菊池同學的一番話讓我鼓起勇氣，這才跑去找日南。

「抱歉，我又說軟弱的話了……我會花點時間想想看，試著尋找答案。」

不能再讓她幫忙背負，更何況她這次還是我的女朋友。我決定自行處理這個問題。

「……我明白了。」

菊池同學看上去顯得很寂寞，有些無奈地點點頭。

「不管文也同學要怎麼做——我都會支持你。」

「嗯……謝謝。」

我覺得自己該說的都說完了，這才伸手握住菊池同學的手。

日南葵對我來說很特別，這點我無法否認。

可是當成女孩子喜歡，眼下已經是我的女朋友，想跟她一起度過許多時光的人其實是菊池同學。

如今我們彼此都已經認清這點了，此時卻突然冒出——一個意想不到的消息。

＊　＊　＊

「日南的生日？」

隔天放學後。

成員還是之前巧克力交換大會上的那幾個，只是少了日南，如今七個人齊聚一堂，我聽見深實實帶來意外的消息。

「沒錯沒錯！我們要來慶祝一下——！」

「來慶祝吧！」

深實實跟竹井都向上高舉拳頭，大家也都一股腦地點頭。下個月三月十九日似乎是日南的生日，大家正興致勃勃討論慶生的事情。話說當事人今天被叫去學生會，我們才會趁機討論。

「原來日南的生日就在下個月啊？」

「對啊，原來文也你不知道喔，有點意外——」

「說什麼意外……」

水澤說這句話似乎別有用意，害我頓時出現狼狽反應。

基本上我跟日南都沒聊過生日的事情，就算我們知道彼此的生日是幾月幾號好了，了不起也只是當天在學校做個形式上的慶祝，我們的關係並沒有好到可以傳些私人訊息祝賀吧。

「呃——」

我不知道該如何回應才好，於是決定老老實實招了。

「我不曉得，日南應該也不知道我什麼時候生日……」

這話一出，泉立刻驚訝地睜大眼睛。

「咦——！我還以為葵她已經替班上所有同學慶生過了！」

「不，她哪是那種人……不過我這句話套用在日南身上好像不適用……」

「啊哈哈。就是啊！」

沒有替班上的某個同學慶生過——日南葵光是沒做這件事都令人感到詫異。雖然以一般大眾的常識來看，這樣好像不太尋常，但不知情的人看了八成只會覺得「這個人還真是勤快」，再不然就酸她「為了討人歡心還真會籌謀」。

如果得知這些舉動全都是為了「驗證」，不曉得大家會如何看待之前跟她一起相處的那段時光。

「於是本人七海深奈實就有一件事情想做啦！」

「有事情想做？」

當我複述完她的話，深實實接著用雀躍的語氣宣告。

「其實就是——想要辦驚喜慶生宴！」

「喔……」

驚喜慶生宴。這個字眼實在太過「陽光」，害我當下有點發昏，同時又覺得這句話似乎能夠創造某種可能性，我的本能是這麼告訴我的。

這個時候有人兩眼放光，她就是泉。

「這個主意超棒的！既然這樣！我也有一個提議！」

「提議？」

在深實實回問後，她接著說——

「大家要不要一起去旅行，在外面住!?」

「喔喔！」

「聽起來超棒的啊!?」

不只是深實實，遇到樂子必定全盤參與的竹井還跟著大喊。外宿、漢堡、甲蟲，竹井這種生物聽到那些字眼馬上就會有反應，想要收買他實在太簡單了。

可是屬於現實主義者的水澤卻面有難色。

「你們的心情我懂……但剩下不到一年就要大考了吧？我們還有時間做這種事？」

「嗚，這麼說好像也對……」這話讓泉卻步了。

現在已經來到二年級的第三學期。不管是班上同學還是老師，大家都開始在為考試做準備。

「就是因為之後不會有那麼多時間，我們上次暑假才當做紀念，大家一起跑去外面住宿。」

被人這麼一說，泉就像洩了氣的皮球，可是幾秒鐘之後，她又慢慢抬起臉龐。

「可是……我都還沒找機會向大家報恩。」

「報恩？」

聽到水澤那麼問，泉點點頭。

「暑假期間跟大家一起外宿，當時不是很開心嗎？可是比起那個，大家為了我們兩個幫忙規劃，那更讓我開心……」

這些話蘊含真摯的心意，完全沒有在誇大其詞，讓氣氛開始變得溫暖起來。在她身旁的中村看起來也有點不好意思，但他還是微微地點點頭。

「那個時候的我們總是受大家幫助！害我也想為大家做點事情，讓人更開心……」

「這個嘛，妳都那麼說了……」

這些話充滿感情，就連水澤聽了都變得不是那麼篤定了。從某個角度來說那也算是「在操控氛圍」，泉能夠在毫無自覺的情況下辦到，這就是她厲害的地方吧。待人處事不是經過層層計算，而是用真性情和真心話來打動他人，像這樣的「角色」處世之道，跟那傢伙根本像是正反兩面。

話說沒有參加那次集體外宿的小玉玉也在這邊，不過她看上去一點都不在意。

這個女人果然是硬漢。

此時——

「好吧——也好。去一天兩天還可以。」

眼睛都沒有在看其他人，中村用強烈的語氣如此斷言。

「在我們之中，所有人都受那傢伙關照不是嗎？」

明明只是在說自己的意見，卻給人一種壓迫感，就像在說「大家都沒意見吧？」好強。

事實上，在場所有人也都沒異議。

「哈哈哈。好像真的是那樣喔——」

水澤說這話像是在舉白旗投降，但他好像也有點樂見其成。

「嗯，我也那麼想。」

之前小玉玉的話都不多，但在這樣的場合中總會率先發言，明確表達自己的意見。這真的很像她會做的。

於是大家就此達成共識，然而深實實卻說出令人意外的話。

「沒錯！——還有啊。總覺得最近葵看起來沒什麼精神，我想藉這次機會幫她打打氣！」

「咦？」

她這話讓我聽了好驚訝。

不僅如此。

「啊，我也那麼覺得！她感覺有點疲憊。葵最近是不是太忙了？」

「對啊，不過那傢伙應該也有她自己的苦衷啦。」

只見泉和水澤都在點頭，接連對深實實的話表示認同。

「……你們說日南沒什麼精神？」

我不由得提出疑問。會有這種反應，不是我沒發現日南最近元氣缺缺的關係。反而該這麼說，這陣子日南的樣子看起來真的有點怪怪的，就連我都那麼覺得。沒發現深實實的巧克力是那個怪土偶，而且沒有親手製作巧克力，直接拿市售的巧克力過來。若是用不同的角度來解讀，就連我都會說日南確實怪怪的。

但那是因為我跟日南之間發生過那種事情，我對日南的看法已經改變了，才會對這件事過分解讀，我原本以為只是這樣。

原來其他人也發現了。

「軍師你都沒注意到啊⁉總覺得她好像有點心不在焉，做事情變得虎頭蛇尾……」

「嗯，我懂。就好比是之前那陣子……」

就像這樣，大家陸陸續續說起日南的表現。裡頭甚至包含我想都沒想過的片段，看到這樣的景象，我的目光久久無法移開。

大家發現日南變得跟平常不太一樣，那恐怕不是她故意表現出來的。

我想那八九不離十正是藏在假面具底下的真實姿態。

「每次碰到這種事情，那傢伙都不太願意找我們商量。」

「其實她可以多多依賴我們啊!?」

怎麼會這樣呢——看到這樣的情景，我莫名覺得耀眼。

「如果我們想要做些事情來回報葵，只能找生日下手了吧！」

這下就連深實實都一個勁地點頭。

「那這樣好了！我們大家一起去挑選禮物吧？」

當泉用興奮的語氣接話，水澤臉上的表情頓時跟著明亮起來，點點頭開口道：

「不錯喔。可是大家一起去就只買一個禮物，感覺好像滿空虛的。」

這幫人陸陸續續分享一些點子，都是要讓日南開心用的。

「但每個人送一個好像太多。」

「不然準備三個好了？」

見中村那麼說，小玉玉馬上有反應。這兩個人之前都不對盤，如今卻為了相同的目的討論起來。因為他們都在關懷日南，想要替她加油打氣。

就在此時，深實實開口了，頭頂上彷彿有顆發光的電燈泡出現。

「那這樣好了！我們分成三個隊伍，分頭準備生日驚喜怎麼樣!?」

「啊，那樣好像不錯喔。感覺可以變成分組競賽之類的。」

水澤馬上就聽出玄機了，他點點頭。

「分組競賽!?聽起來讓人熱血沸騰啊!?」

分組競賽、咖哩麵包、免費吃特大碗，習性上會對這類言詞自動起反應的竹井也在那嚷嚷。

「感覺很棒耶！到時看哪個隊伍讓葵特別開心，他們就贏了對吧!?」

就連泉都興高采烈地附和，話裡不帶任何算計。

緊接著，水澤笑著回應「我懂了」，並將大夥的意見濃縮成一句話。

「也就是說——這是一場討日南葵歡心的競賽。」

「喔喔——！」

大家都為這句話燃起鬥志。

看他們那樣，我在一旁發愣。

他們讓我不由得心想「或許是我想太多了」。

知道日南的真實想法是什麼，知道她只會利用和他人之間的關係來證明自己，我開始對這樣的她抱持疑惑，除了感到怪異，同時也覺得寂寞。為什麼事情會變成那樣，該怎麼做才能讓她罷手，我一直在想這些。

但眼下大家在想的只有一件事——「該如何討日南歡心」。

就只有這個。

「……哈哈。」

當下我笑了，不知不覺間，我受到現場的氛圍感染。

「還真的……是那樣。」

當我回過神，我發現自己早已點頭如搗蒜。

氛圍會成為當下界定善惡的基準，日南葵曾經這麼說過。

以此類推，也許我現在只是在隨波逐流罷了——不過。

「我們來辦吧。為了讓日南開心……來辦場慶生宴。」

就當是最後推大家一把，我對他們這麼說。我的聲音和表情都顯得莫名用力，以至於大家看我的時候，臉上的神情都有點怪怪的。

於是我決定使用跟日南學來的技能，活用表情和聲色。

「我想辦慶生宴。為了讓她開心。」

我充滿自信，語氣很堅定。

他們不知道日南真正的意圖，而且是日南的朋友，會去想要怎麼討日南歡心，從某方面來說其實是很自然的事情。

可是，正因他們懷著如此純粹的好意。對真相一無所知，行事上才顯得魯莽又憨直。

但為了日南好，也許這是不可或缺的。

那些一直被我遺忘。

「你怎麼了？文也。」

可能是我的表情太奇怪了吧，或者是水澤的直覺太過敏銳，他用只有我聽得到的音量對我說話。這讓我轉頭看他——

「……我這個人，自以為有在為日南著想，但也許根本算不上。」

水澤聽完「哦——」了一聲並挑起眉毛，還笑了一下，彷彿能看透我真正的心思。

「人啊，一旦面對真正重要的東西，往往都會失去冷靜。」

水澤用這句話輕描淡寫帶過，他那表情看起來很有男人味，一方面也讓人覺得可恨。但不曉得為什麼，跟以往好像有點不同，這番話聞得出火藥味。

我想做的其中一件事情就是——教日南葵體驗人生樂趣。

既然如此，與其去探究日南假面具底下的那一面，試圖揭露。

還不如——先認真起來尋找，找出能讓目前的她感到開心的事物。

或許那能幫助我找到線索，化解心中的迷惘。

「那好——！我們接下來要想辦法讓葵露出笑容！」

看到深實實說完還向上舉起拳頭，我們也學她，在場七個人都將手握成拳頭舉起。

2 隊伍裡有兩個屬性相反的角色往往能使出全新必殺技

隔天的休息時間。

日南正在教室邊為下一節課做準備，邊和柏崎同學等人聊天，渾身僵硬的泉一直在盯著日南看。我們其他六個人則是默默看著那樣的泉。

「葵～！」

泉跑向日南時，表情看起來有點緊張，我們幾個假裝在開心聊天，同時默默替她加油。

要幫日南葵舉辦慶生宴。若想成功，大前提是我們必須帶日南去外面旅行兼住宿。可是就如水澤所說，如今時間已經很接近大考。話雖如此，她畢竟是戴著假面具的日南，我想她不至於毫不留情地一口回絕，但很有可能提出替代方案，用這種方式婉拒。

那我們該找誰去邀請日南……當我們聊到這，第一時間大家是有說可以推水澤，他在這方面好像很在行，然而要邀的人若是日南——

『不，水澤去容易讓人起疑，感覺會有反效果，是不是派泉去邀比較好啊？』

『哦？文也現在講起話來也比較會瞻前顧後了呢？」

有鑒於此，泉的出發點是想要報恩，我們決定把任務交給如此純粹的她——眼下泉正在遊說日南，看起來明顯很緊張。

「——事情就是這樣，日南妳覺得呢!?」

對了，說起我們的作戰方針，畢竟邀約日南出遊的時間正好是生日當天，這樣的時間點太容易穿幫，所以我們不打算隱瞞要幫她慶生的事情。可是去了之後要辦什麼慶生活動，以及分成三個隊伍思考對策來討日南歡心等等，這些都是祕密不會說，我們想靠那些手段給她帶來大驚喜——以上就是我們的作戰計畫。

「這……」

跟我們當初想的一樣，看看日南臉上的表情，似乎顯得有些為難。除此之外，我們幾個在教室角落假裝談笑風生，一邊偷看她們兩個，我看日南八成已經發現我們的視線了。

「是說要你們在我身上撥出那麼寶貴的時間，這實在……」

不曉得這樣的理由是否出自真心，但日南這已經算是委婉拒絕了。

只不過，泉當然不可能就此善罷甘休。

「我們想要替妳慶祝！所以拜託妳去吧！」

「不，怎麼變成是在拜託我……」

看到泉雙手合十低頭請求，日南很困惑。要幫人慶生的人低頭拜託請對方配合，這樣的狀況有點微妙，但那才像泉。跟泉講道理可沒用。

「我總是受到葵的幫助，所以才——」

「唔……」

泉說的那些話實在太沒有心眼，完全是從感性的角度出發，對上用理論來武裝自我的惡鬼日南，她的避重就輕招數對泉完全不管用。

那兩個人一來一往磨合數次，最後——

「我、我知道了啦！既然妳都那麼說了，我就讓你們慶生！……這樣講好像怪怪的？」

最後日南選擇用半開玩笑的方式應允。

「太好了——謝謝妳！那妳再等一下下，敬請期待！啊，之後會再聯絡妳，告訴妳要去的地點，但慶生計畫本身的詳細內容會保密！那是驚喜！」

泉除了眨眼睛還用很調皮的方式回話。跟人家說那是驚喜，這樣就不再是驚喜了吧……想歸想，我看那些小細節還是別計較了。總而言之，這下成功邀到日南，算是大功告成。

緊接著泉迫不及待來跟我們會合，我們幾個迎接她的到來，眼下大夥的反應就像在說「幹得好！」日南則是無奈地看著我們，臉上還有笑容。

就好像父母親看見小孩子惡作劇成功，表情顯得一臉無奈的樣子。雖然那種毫無防備的表情也有可能只是「驗證」的一環，但現在先不管那個了。

如果透過這次旅行能將藏在假面具下的真面目引出，那樣也不賴。

＊　＊　＊

於是除了日南，其他幾個要一起出遊的成員在放學後都來到家庭式餐廳。話說今天有先跟日南挑明「我們要去為生日驚喜做準備！」請她別來了。這下我們就能好好準備生日驚喜啦。

「好啦——！隊伍分配大致上是這樣！」

深實實說到這，拿出在手帳上用筆寫的一覽表給我們看。到處都能看見她畫的奇怪小生物，但整體排版看起來淺顯易懂，不愧是經歷過選舉的人，還以為是在羅列當時的政見。

我們會分成三個隊伍，來比賽誰最能夠討日南歡心。隊伍分配上剛好分成深實實搭檔小玉玉，這兩個是老搭檔，還有中村和泉這對情侶檔，再來是我跟水澤，因為我們兩個最近關係好像不錯，後續會照這種搭配進行下去。

「嗯，這樣分感覺不錯！」

小玉玉看完點點頭。

「等等啊！那我不就變成多餘的了!?」

「啊，被遺忘了。」

「太過分了吧⁉」

就連新加入本群體的小玉玉都開始欺負竹井。竹井你別介意。小玉玉不用跟他客氣儘管進攻吧。

「……嘿嘿。」

可是仔細瞧瞧，被小玉玉欺負的竹井竟然在笑，還笑得很害羞。等等——對喔，之前竹井有說他喜歡小玉玉這類型的。那剛才說的話收回，小玉玉妳快逃啊。

「呃——那……竹井你有想要加入的隊伍嗎？」

我先來確認一下，結果竹井直接說出心中的慾望。

「我想要加入小玉那一隊！」

「ＯＫ，那竹井你是我們這一隊的啦。」

「什麼——⁉」

事情就是這樣，我從竹井的魔爪中救下小玉玉，深實實接著對我豎起大拇指。我明白，是因為我們兩個利害關係一致，都想保護小玉玉。

「那倒是無所謂。不過文也，把菊池同學排除在外好嗎？」

「啊——……」

水澤的提問讓我一時間詞窮。

其實這部分，我是有點在意。

「我覺得她可能會擔心……」

我之前跟菊池同學談過，已經決定不要去限制彼此的行動。菊池同學也說了，希望我繼續當波波爾，我也覺得自己能夠當波波爾——就是讓自己做出改變，讓世界變得更寬廣，這對我來說是很重要的。

不過菊池同學光是看見情人節巧克力都變得有點不安。雖然我們這次是一整群人出遊，可是男朋友和其他男女私下一起去外面住，這樣感覺不太好吧。

再加上這群人之中還有日南。

「如果她想來，我是願意找她過來，不過……」

「不過？」——深實實催促我繼續把話說完。

我猶豫了一下，試著想像我跟菊池同學一起參加這次慶生旅遊的情景，接著——

「這種時候如果有情侶加入，不會覺得他們很不識相嗎……？」

當我將心中的擔憂說出口，我發現斜對面那邊好像有動靜。往那邊看才發現泉用很悲傷的表情望著我……啊。

「原來友崎你是那樣想的……？」

泉說完還偷看中村，一臉愧疚的樣子。糟了，我說過頭了。

「不、不是啦！我不是那個意思！你們想想，菊池同學平常又不是我們這一掛的，還有就是……」

「……嗯。」

「我平常對泉你們並沒有任何不滿，是真的！」

我實在太慌亂了，在辯解的時候，語調上反而變得很奇怪。

「其實我們一點都不在意啦——」

這時中村出面用低沉的聲音斷言。

「假如菊池想來，那我們也無所謂啊。如果之後聽說你們為這種事分手，那才讓人不爽。」

「中村……」

雖然他說話的語氣不是很好，但這個提議卻讓人感受到一絲體貼。說起中村，自從開始跟泉交往，感覺他待人處事好像都變得比較圓融了。這就是所謂的戀愛能使人改變吧。

「而且最近菊池也跟優鈴處得不錯啊？」

「嗯，我們最近變熟了喔！」

自從在新年參拜那天碰巧遇到，她們兩個似乎就陸陸續續有在交流。之前菊池同學飛奔出教室後，泉馬上就打電話過來，她們兩個之間的信賴關係起碼有好到這種程度，連比較重要的事情都會拿出來聊。

「既然這樣就沒問題啦。根本不用去管情侶會不會帶來影響。」

「……是喔。」

總覺得那是在給我臺階下，而且那麼說還能讓我在泉面前恢復信用。這讓我有點感動，奇怪的是深實實撞見這畫面，眼裡開始誇張地蓄積淚水。

「嗚嗚！這就是男人之間美麗的友情！本人七海深奈實好感動！」

「那不是友情好不好？」

「這種帶刺推託的感覺反倒更棒！」

「啊？」

就算面對的是中村，深實實還是平常那副德行，之後她總算恢復理智，對著我面露微笑。

「只不過，我也認同中中的說法！我們也去邀邀看菊池同學。可愛的女孩子變多了，根本超歡迎的啊！」

她說完燦爛地笑了一下，而那個笑容到最後又變得有些暗淡。

「再說……我也希望你們兩個能夠長長久久地走下去。」

能夠說出這番話，那正是深實實強大的地方。

但同時，那或許也是她的脆弱之處。

「……我知道了。」

於是我也只能回些不痛不癢的話。

「之前演話劇受到她關照，我也想好好跟她說說話！」

此時又多了一人開口，就是在話劇中演出主要角色的小玉玉。

「就像修二說的那樣，我們聊了很多關於戀愛的話題，已經變成朋友了，沒問題的！」

眼下就連泉都頻頻點頭，出面附和。至於她們都聊了些什麼，我還是別想好了。

「會想要跟她當朋友看看!?」

接著竹井沒頭沒腦插嘴，感情用事地主張，這樣反而讓人安心不少。

「……謝謝大家，我會去邀邀看。」

聽到我那麼說，大家都放心地笑了。

這個時候水澤突然間開口，像是想到什麼。

「啊，可是風香一來，加入的隊伍自然是我、文也和竹井這一隊……那樣人數上好像不大對。」

聽到他那麼說，我也注意到了。要是菊池同學來加入我們這一隊，就只有我們的隊伍是四個人。

「那倒是。」

看到中村附和，水澤奸詐地笑了一下。

「──所以說，竹井你還是去修二他們那吧。」

「啊，菊池要來，我好像還是會介意喔。」

「修二!?你好過分喔!?」

眼見大家將悲傷的竹井撇在一旁，整體方針就這麼定了。

＊　＊　＊

那天晚上。我回到自己的房間。

「——事情就是這樣……妳覺得呢？」

我跟菊池同學在做視訊通話，把我跟大家聊過的事情告訴她，只見菊池同學開始左顧右盼，有點拿不定主意。

『可是……我去真的好嗎……』

看到她說話時那麼不安，我朝著她點點頭。

「大家都說妳可以來。說他們想跟妳交朋友。」

我無意識間代表竹井轉述他的看法，在反省之餘，不忘等待菊池同學給出答案，然而她臉上的表情依舊消沉。

『……原來是、這樣啊。』

看到她出現那種反應，換我猶豫了。她看來不像單純只是客套推託。搞不好菊池同學並不想參加那種活動。

「呃——我這樣說不是要勉強妳去，他們只是覺得菊池同學想來也很歡迎。」

『嗯，謝謝你們。』

在那之後，我想起菊池同學寫的故事。

「而且……那裡跟火焰人的湖泊有點不一樣，從這方面來看應該是沒問題。」

當我用我們兩人的共同語言來解釋，菊池同學先是考慮了一下——

『那麼……既然這樣，可否也容我叨擾？』

聽到她那麼說，我頓時心中大喜。

「真的嗎!?那我去跟大家講！」

『嗯。』

但我還是有點在意。照剛才的反應來看，她似乎答應得有些勉強。

「如果妳到頭來還是覺得害怕，隨時都可以跟我說。」

聽到我如此補充，菊池同學像是要確認自己的心意，開始看著自己的手掌心。

『是……的確，我覺得有點害怕。』

她說完又用堅定的眼神看向前方。

『不過，我一方面也想冒險一下。』

「……冒險。」

當我重複完她的話，菊池同學就害羞地笑著說「其實——」。

『在跟人交朋友的時候，我並非來者不拒……但他們是文也同學的朋友。』

她這番話透露出對我的信賴，臉上表情很安詳，嘴邊還有微微的笑意。

『那些人那麼希望讓某個人開心起來，想來他們應該也不是壞人，對吧？』

「啊哈哈，我也那麼想。」

菊池同學先是面露微笑，之後表情又變得有點凝重。

『但做這些全都是為了日南同學吧？』

我能夠感覺得到，這句話還藏有弦外之音，不過——

「……是啊。」

最後我只做出簡短的回應，且答得很坦然。

只見菊池同學微微地點了點頭，嘴裡發出一聲嘆息。

『我……有點後悔。為了創作劇本，為了寫出小說，我對日南同學的隱私過度干涉。所以我一直在想，必須跟她道歉，要想辦法補償。會想要做出補償，也許只是為了減輕罪惡感，都是我一廂情願罷了……』

接下來，菊池同學在說話時，像是在擴展她想像出來的世界。

『我塑造出來的艾爾希雅……下次若要使用，希望是用來讓日南同學開心的。』

聽完大家之前爆料的那些事情，我當下已經做出結論了，而這番話跟我的結論不謀而合。

「嗯，那也是我目前想做的事情。」

我說完點點頭，並直視前方。

我們是男女朋友，而且這次要朝向相同的目標邁進。

雖然此次的對象是日南葵，是另一個對我而言很重要的人。

但我們已找到相同的目標，都想要向前邁進，我覺得這段時光能夠讓我們兩人的關係變得更加特別。

『那麼，再請你們多多指教。文也同學。』

於是在這次的討日南歡心大賽中，我們又多了得力助手。

＊　＊　＊

幾天後的假日，我帶著菊池同學來到大宮。

可是現在菊池同學打招呼的對象並不是我。

「你、你好！」

「請、請多多指教！」

「好——請多指教。」

在豆樹前方等待的人正是水澤，一看到我們抵達，他的眉毛就跟著挑起，還跟我們打招呼，對菊池同學露出自然的微笑。

對。在討日南葵歡心大賽中，友崎水澤這一隊多了菊池同學，今天我們出來碰面，還要順便開會討論。

「上一次跟妳促膝長談……好像是為了小玉的事情吧。」

之前小玉玉在班上遭到孤立，我不斷嘗試，想要找出應對的方法。不管是水澤還是菊池同學都給了我很多啟示。

「那、那個時候承蒙你關照了！」

菊池同學說完深深一鞠躬，她的動作很僵硬，且禮數非常周到，看起來實在有夠拘謹的。

「哈哈哈！妳放輕鬆。我又不會把風香抓來吃掉。」

「是說其他人就會吃掉嗎？」

水澤還是老樣子，像個痞子一樣，說出那種像在輕薄人的話，除了吐槽水澤，我還跟菊池同學一起走到他身邊。

「那——我們隨便找間咖啡廳去吧？」

我做了一個無傷大雅的提議，水澤聽完點點頭說「也好」。

「啊，那我想去一個地方，可以改去那嗎？」

「嗯？喔喔，好啊。」

不知道為什麼，水澤笑得有點邪惡，但這種時候交給他處理應該不會有問題才對。

——原本是那麼想的，結果他帶我們去的地方讓我一看就頭大。

＊　＊　＊

「歡迎光臨……咦，是友崎學長和水澤學長!?」

我們三個人一起搭上電梯，等到電梯門開了，某間店出現在眼前。那裡有人發出驚呼，她就是站在收銀臺邊的小鶇。

沒錯。水澤嘴巴上說有想去的地方，卻帶我們來這邊，來我跟水澤打工的「卡拉OK SEVENTH」。

「我說水澤，你到底在想什麼啊。」

「就是說啊，水澤學長！你做這種事情是有什麼企圖！」

「不對吧，鶇兒妳那個反應怪怪的喔。」

「啊，被發現了？我只是隨便附和一下。」

小鶇還是跟以往一樣，用懶洋洋的語氣隨便說些話，仔細看會發現她整個人都靠在牆壁上，而且用絕妙的手法掩飾，這偷懶手段已經來到絕世高手的境界。

看著這樣的鶇兒，水澤在我耳邊別有用心地說道：

「差不多該介紹一下了吧？你的女朋友啊。」

「!?」

他說完就突然跨步走到結帳用的櫃檯前方。

「可以借個房間用用嗎？還要順便點餐。」

「可以是可以，但拜託你們只點炸物！蓋飯之類的太麻煩了，不准點。」

「啊——好啦好啦。」

那兩個人邊結帳邊聊了這麼一段。光看這點，我會覺得彷彿回到平常的打工時段，可是水澤似乎別有用心，害我沒心思融入。

「呃──……小鶇，辛苦了。」

一直逃避也不是辦法，我嘴裡打著招呼，同時走到收銀臺前方，這時菊池同學從我身後冒出頭。

「妳、妳好……」

「妳好……咦，這女孩超可愛的⁉」

小鶇嚇到整個人從牆壁那邊剝離，隔著收銀臺朝我們這邊探身。簡單講就是她整個人很像是用滑的滑過來一樣，滑到收銀機前方的櫃檯那邊。這一連串扭轉動作還真是奧妙。

「是誰的⁉她是誰的女人⁉」

「妳這人……」

「啊！……該不會是你們兩個的⁉」

「別說那種會妨礙風化的話啦。」

小鶇一點都不客氣，想說什麼就直接說了，被水澤輕輕敲了一下。但她是軟體動物，能夠吸收掉物理攻擊。後半段這邊簡直就是魔王才有的性能。

水澤當場轉眼看我，開口說了這麼一句。

「──她是誰的女人？人家在問了。」

「啊──……」

水澤臉上有著明顯的笑意，這傢伙真的很愛搞這招。根本就是在玩我。我看看菊池同學，想要求助——

「……！」

沒想到菊池同學也在等我介紹，表情看起來有點期待。對喔，菊池同學也有這樣的一面。這下糟了，他們兩個聯手起來，沒什麼比這個更棘手的了。

「友崎學長，到底是怎樣！快說，趁我還有力氣站在這邊！」

拿來要求我的條件未免太奇怪，但看了會發現小鶇現在還真的沒有靠在任何東西上，是靠自己的雙腿站著。這還真稀奇。如果不趁她還能站著的時候說，不知道會發生什麼事情，這點固然令人好奇，但我沒道理不說吧。

於是——好啦！事到如今只能豁出去了。

「呃——她是菊池同學……我的女朋友。」

「～～！」

我的話才剛說完，菊池同學的臉就一口氣變紅，感覺她一直在等待這一刻，菊池同學果真有這樣的一面。不過換個角度想，那樣也滿可愛的，我覺得無所謂，看到我們那樣，小鶇冷眼旁觀，那眼神像在說「你們兩個也太甜蜜了吧……」看得我無地自容。像這種時候，小鶇就會毫不客氣將感受全寫在臉上。

「友崎學長，原來你交到女朋友會變成這麼害羞的男生啊……是有多愛你的女朋友……」

「不、不是那樣……」

我正要反射性否認，當下察覺旁邊有人在看我。轉頭看才發現是菊池同學，她正用非常落寞的表情望著我。

「不、不是啦！其實……對，就當被妳說中……我超喜歡她……」

「～～！」

「看吧——！果然沒錯！」

「哈哈哈！文也說得好。」

事情就是這樣，都沒有人站在我這邊，害我節節敗退。

＊　＊　＊

「那你們慢用～」

我們幾個去飲料區，用玻璃杯裝要喝的飲料，最後被帶到「卡拉ＯＫ　ＳＥＶＥＮＴＨ」那說小不小的包廂中，大概過了十分鐘左右，小鶫替我們弄的綜合炸物拼盤也到了，接著水澤試圖帶動氣氛，說了句「接下來——」。

「那我們要準備什麼樣的驚喜？」

「對啊……該從哪著手？」

我在說這話時，人不忘轉身面對菊池同學，她嘴裡「嗯——」了一聲，還想了一下子。

「我想最大的重點在於……要先看日南同學會喜歡什麼吧？」
「呃——日南喜歡的……應該是起司吧。」
我當第一個起頭的，水澤見狀點點頭。
「也對，最容易想到的就是這個。」
「她在某種程度上應該是故意誇大演出，但她對起司的熱愛好像是真的。」
「哦，看在文也眼裡也是那樣啊？」
水澤的下巴撐在手背上，話裡蘊含試探意味。
「什、什麼啦，什麼叫做看在我眼裡也是那樣。」
「沒有啊——？繼續繼續。」
接下來他好像一直在觀察我的表情。看到我們那樣，菊池同學一臉不解地望著我們。
「那——再來就是……」
接著我最先想到的是那個，就是和日南相遇的契機，同時也是我唯一有機會戰勝那傢伙的領域。那就是電玩遊戲「AttaFami」。
——不過。
「再來還有……啊！田徑！」
最後我選擇說出無關痛癢的喜好。
那傢伙喜歡「AttaFami」，雖然沒有直接關聯，但該特點跟那傢伙私底下的另一面有所連結。因此我會下意識避免提及此事。

「田徑是吧。」

眼見我提出眾人皆知且表象化的特點，水澤突然間朝我逼近，有部分的身體都已經壓在桌子上了。

他的目光筆直看向前方，正對著我雙眼的正中心。

「那、那個……再來……還有什麼。」

對方明明什麼話都沒說，我卻有種被人逼問的感覺。看到我們那樣，相較於剛才的反應，菊池同學看我們的眼神更加不解了。

「……好吧，也對，正常來說都會這麼做吧。」

「都、都會這麼做……是指？」

最後水澤嘆了一口氣，整個人再度坐回沙發上。可是他的目光依然沒有從我身上移開，而是在那種狀態下持續開口。

「……話說，文也也好，風香也罷，有件事情要先跟你們講白。」

「好、好的。」

被人點名的菊池同學嚇了一跳。只見水澤朝包廂內的合成皮沙發輕輕一靠，用輕佻的口吻續道：

「其實我喜歡葵。」

「咦!?」

「什麼!?」

他說話的語調實在太像在跟人閒聊，害菊池同學跟我接連大聲驚呼。其實我早就知道這件事，可是水澤在意想不到的時間點上說出來，語氣又很出人意表，害我跟菊池同學一樣，都嚇了一大跳。這時水澤臉上浮現笑容，一副奸計得逞的樣子，他一定是故意這麼做的。面對這傢伙還真是不能大意。

「不、不對吧，怎麼突然說那個？」

「這檔事——文也早就知道了吧？」

「就算我早就知道，突然聽到你說還是會嚇一跳啊！」

「哈哈哈，抱歉抱歉。」

他的表情好輕浮，完全猜不透內心想法。

接著水澤說話的語調逐漸沉澱下來。

「不過，其實這件事很重要。」

水澤在說接下來那些話時，語氣突然變得很熱切。

「話說我這次，不是玩票性質——而是真的想讓葵開心。」

平常的水澤總是會讓人懷疑他別有居心，然而他現在的眼神很認真。菊池同學似乎也感受到他的心意了。

「……原來是這樣啊。」

她綻放溫和的微笑。

「所以說，我不要只弄個『形式上的』驚喜。而是要準備真的能夠打動她的禮物。」

水澤的話語中充滿決心。

「形式……是嗎？」

這是之前水澤跟我提過的處世觀。

別去管內在，要先去考量外觀、外人聽起來的觀感，還有會在世人眼中留下什麼樣的印象，他那套價值觀中充斥著這些論調。

不知道從什麼時候開始，水澤開始想要破除這樣的迷思。

「……你這麼說、也對。」

就連我都不由得點頭認同。

那傢伙——日南葵。就算在跟我們幾個交流，依然不願說出真心話，不願意展現真實的自我，一直以來不斷用刻意塑造出來的表面功夫應付。即便是面對泉或深實實等人，她依然只讓他們看見自己的假面具。

但本人疑似熟知她小部分的真實自我。

「機會難得，總會想替她辦最棒的慶生宴吧？」

水澤話說到這邊，溫和地笑了一下。

「……總覺得、好意外。」

當菊池同學開口，她一雙眼睛目不轉睛地望著水澤。

「妳覺得意外？」

被水澤反問，菊池同學用成熟的語氣表述。

「之前我覺得水澤同學的想法……好像有點難懂……」

在那之後，她突然露出安心的表情。

「原來你……是很棒的人。」

「就是啊，水澤其實是好人。」

這我也非常認同，當我發現的時候，我早就已經在點頭了。照理說這些都是真心話，發自肺腑，但不知道為什麼，水澤有點不悅地皺眉。

「嗯——……人很好啦、很溫柔啦，這對花花公子來說不是件好事，不過……」

「你那是什麼理論……」

水澤這時又補上一句。

「好吧——反正我對葵是認真的，就那樣好了。」

他說完笑得像個少年一樣，還拿起玻璃杯喝飲料。他這次喝起來依舊很帥，那不是平常會裝的果汁嗎？

「我之前有說過吧？覺得每天都像在玩遊戲，就算不努力也能破關。想要的東西輕易就能到手，從來沒有對任何東西認真看待過。」

那是水澤心中的煩惱。

或許——套用足輕先生的話來講，那可能也是一種業障。

「……只不過，看到這樣的自己，一方面又覺得那能為我帶來自信。」

他臉上的表情蘊含決心，就算不透過言語訴說，也給人很有自信的感覺。

「可是先前那一套用在她身上完全起不了作用。我反而吃了閉門羹，那就像以往的自己遭到否認。雖然不甘心——卻又覺得非常有趣。」

「想要什麼都能得到的男人」終於找到得不到的東西。

「但我畢竟只是個高中生，或許之後會碰到更棒的女孩子。」

自從在暑假的外宿期間跟人表白後。

原本是比任何人都更加漫不經心、更為冷漠的男人，此時散發出的熱度卻只為一人而生。

「不過我——發現如今的自己已經能夠對某件事物認真，這樣的心意讓我想要好好珍惜。」

水澤說完立刻朝我和菊池同學低頭。

「所以說……難得有這麼一次，我想要拜託文也幫忙。」

「……拜託我？」

會說這種話還真是稀奇，我甚至不用去回想都知道先前自己一天到晚靠水澤出手相助，他倒是沒跟我拜託過什麼。糟了，照這樣看來，我欠他的人情可不是隨隨便便就能還得完的。

我當下做出覺悟，準備聽取他的請求，不料水澤脫口而出的話跟我料想的有些出入。

「我在想，假如我猜得沒錯……關於葵的事情，某部分可能是你才知道的——搞不好連菊池同學都曉得，可是那些我卻不知情。」

「！」

他那雙眼睛一直盯著我看，不久前還存在於眼中的戲弄色彩已經沒了。

「——那些事情，能不能說給我聽？」

水澤一席話直接切入核心。

＊　＊　＊

幾分鐘後，我將變空的玻璃杯放下。

聽完那些，我稍微花了一點時間思考，想想自己該怎麼做才是對的。

因為這個問題牽連到的人鐵定不只我一個。

「……話說。」

「怎麼了？文也。」

我好不容易才擠出聲，剛才都已經將心裡話說到那種地步了，水澤卻還是一如既往地從容。但是換個角度來看，也許把話說得那麼白，反而讓他覺得很暢快也說不定。

「確實如水澤所說，我跟日南之間有很多祕密……是要隱瞞的。」

「哈哈哈，我想也是。」

水澤又變回平常那個吊兒郎當的他，可是他的眼神依然很認真。

「只不過這些事情能不能隨便告訴別人，我也不確定……」

「也對，你說得有理。」

去干涉其他人，想要做些事情來改變什麼，這本來就伴隨個人無法承擔的責任。如果在未經當事人許可的狀況下進行，責任就更重了。

「我覺得你說得很對。畢竟沒有獲得許可，跟一些沒做好心理準備的人說，只會害她遭殃。到時她會沒辦法承受人們的看法，還有加諸在她身上的行為……不過。」

話說到這邊，水澤似乎下定了某種決心，目不轉睛地看著我。

「那樣不管過多久，她都會孤孤單單的吧？」

看到他的表情那麼認真，我反而受到震懾。

知道自己即將要背負某種責任，他沒有任何猶豫，也不害怕知曉真相——單純只是在為日南著想。或者可以這麼說，他身上只剩決意介入的決心。

找到自己真正想要追求的東西，這樣的男人才會有那麼大的覺悟吧。

水澤得到的線索比我或菊池同學都要少上許多，但他光憑喜歡日南的這份心意，不停伸手探究日南的內心世界，邊掙扎邊追尋。

然而光靠這些——想必還是無法探得真相。

「對……應該會吧。」

即便感受到水澤的熱情，我還是有所顧忌。

每個人都是一個個體，要靠自己走完人生。

在這樣的前提下，用不著讓任何人干涉自己。可是相對的，那也代表我不能干涉他人。

如果一切的責任都自行承擔，那就能夠一個人自由自在地生活，不用依賴任何人，也不會被任何人束縛住。

「不管是我還是日南，八成都認為自己的事要自己處理……自己該負的責任會自行承擔，相對的就不希望其他人過度干涉。我想她一路走來都是這麼想的。」

說到底，無論是我，還是日南。

我們都是憑著自己的意志做出選擇，決定要用這種方式活下去。

「關於你說的……我是能理解啦。」

水澤在這時表態，表示他都明白。

「所以說……我也沒那個權利擅自談論日南的事情。」

畢竟那麼做就像是擅自曲解自己擁有的權利，讓權利擴張。

「那就是不能說了？」

對於水澤的話，我的理智要我點頭稱是。

人人都是個體。在沒有經過本人的同意下，把她的祕密說出來，為了窺視她的內心世界去跟人牽繫，這樣是不對的。因此我說不出口。照理說我應該已經得出這樣的結論了。

然而。

先前在第二服裝教室裡，菊池同學曾經攪動我的心湖。受內心深處湧現的感情催化，我立定了其中一個人生目標，那就是——

『我要讓日南葵的人生變得更加繽紛』。

既然如此，我就該——

「如果要在這裡將一切都說出來，那我就必須從以往那孤軍奮戰的個人賽場中脫身，離開孤獨的牢籠。」

「……這麼說也對。」

這時水澤有些莫可奈何地回應。

「……不。」

假如我要離開那個賽場。

並且去干涉他人本該握有的權利。

那就該更具體——將我接下來要做的越界行為透過言語告知。

說起我心中的矛盾，其實主要並非來自說與不說，而是基於上述緣由。

因此我深吸一口氣，對那些害我舉旗不定的曖昧基準做出宣判。

「——日南對我來說是很特別的一個人。所以我接下來要自作主張把她的事情說給水澤聽。」

做出這樣的宣言實在太過莽撞、太過自私。

我們兩個人都推崇個人主義，除了對此表示尊重，我還想越界。

就因為「她對自己來說很特別、很重要」，才想去侵害她的權利。

這種莫名其妙的思想被我化為言語說出口。

「……哈哈哈哈！」

只見水澤哈哈大笑。菊池同學果然變得有些落寞，但她還是綻放溫和的笑容，像是對這一切予以包容。

最後水澤總算笑完了。

「你果然是個怪人。」

「對，關於這點，我也有同感。」

我的心情突然變得很暢快，那讓我也跟著「哈哈哈」地笑了。

＊　＊　＊

幾十分鐘後。

「好吧，其實我也猜到一半了，但另外一半超乎想像誇張，害我快露出阿宅笑，以上就是感想。」

我將之前發生過的事情都說給水澤聽。

「原來像你這麼陽光的人也會阿宅笑喔……」

姑且不論我的重點擺在那種多餘之處，剛才跟水澤說的事情，包含我透過「AttaFami」認識日南，還有她指導我如何攻略人生。另外提及日南一直以來的努力都是為了證明自己是對的。

以及——日南在利用我，想要確認這套理論是不是也能套用在他人身上。就這三件事情。

「這下──我好像明白了。」

「明白什麼？」

面對這句意想不到的話，水澤在我回問後有些傷感地表示：

「她就是那麼深不可測，所以我的目光才沒辦法從葵身上離開吧。」

望著玻璃杯中的透明冰塊，水澤用輕描淡寫的語氣講述。

「……是喔。」

從話語中洩漏出來的情感果然帶著一股熱度，而且還很專一。

「再說……透過這些，正好能解釋那傢伙為什麼都不願意在他人面前顯露真面目，而且努力到有點可怕的地步，許多事情都能獲得解答吧？」

我聽了點點頭。如今回想起來，當初相遇的時候，不管是日南的意圖還是動機，我全都不清楚。可是一路抽絲剝繭下去，將會發現這所有的一切都是互相連貫的。

只是她為什麼會變成那樣，至今尚未找到答案。

「照這樣看來。這次生日驚喜的關鍵就在『AttaFami』上吧？」

這時水澤開口了，像是要繞回正題。

比起去探究日南藏得更深的面貌，我們幾個更想先哄她開心，這才是首要之務。

因此要先將一切的前提──我也不知道這樣說對不對，意即將所有重要資訊跟隊員共享，接著才繼續討論下去，看看要準備什麼樣的驚喜。

「也就是說……如果要舉例的話，是不是可以找……原創遊戲之類的？」

在這次的討論會中，菊池同學也願意提供意見，看到她這樣，我真的覺得她很棒。

現場明明有跟她不是很熟的水澤在，話說重點不是這個——而是自己的男朋友已經說某個女孩子對他來說「很特別」了，她還是願意幫忙出主意，想辦法讓那個女孩子開心。假如今天的立場反過來，菊池同學說「其實橘同學對我來說是很特別的……」，別說是幫忙了，我敢說接下來這十年都會跑回家躲起來當家裡蹲。

「是沒錯，如果能夠實現，那樣是很棒啦……」

這話水澤是用困擾的語氣說的。因為那是菊池同學提出的意見，我看他有盡量控制，不要表現得太輕蔑，但他骨子裡還是個現實主義者，面對這種很難實現的提案，要他同意是不可能的吧。

「對喔……電玩遊戲要做出來應該沒那麼容易……」

我對於電玩遊戲的製作方法不是很了解，但我長年來都在網路世界中打滾，關於那方面的事情，我好歹還是有點概念。就算上網找外包好了，試圖光靠我們幾個人完成也是不太可能的事情。

「嗯——如果能認識這方面的專家就好了。」

聽到水澤自言自語，我腦中浮現一個點子。

「……也許。」

自從開始跟菊池同學交流後，我就一路擴展自己的世界。

在這個世界中，我打造出來的人際關係或許能幫助我們實現這個目標。

「你想到合適人選了？」

「沒有，雖然不知道那個人能不能直接把遊戲製作出來……但他或許可以幫忙介紹。」

當我話說到這邊，菊池同學心裡似乎也有譜了。

「對喔……在他認識的人裡面，或許能找到相關領域的專家。」

她是真的為此感到開心。

不過以電玩遊戲的角度來說，那個人依然還是「玩家」，不曉得他能不能直接給予援助。但是在他身邊或許有能夠製作遊戲的人才。

「咦？在說什麼？只有我聽不懂？」

「誰知道呢。」

「文也，你呀……」

這未免太稀奇了，就只有水澤在狀況外，我對這樣的情景樂在其中，接著——

「在我認識的人裡面，有個叫做足輕的職業玩家——」

——於是我就把之前參加網聚遇到的事情，以及身邊的人際關係都說了一遍。

水澤聽完恍然大悟地點點頭。

「原來是那樣。如果是職業玩家，或許跟電玩遊戲產業和程式設計師這兩個業界會比較親近……也好，與其光靠我們幾個探索，還不如找他更有實現的可能。」

「對吧!?」

就這樣，我再一次運用這半年多來得到的資源，朝向我的目標逐步邁進。

自從跟日南一起展開人生攻略，時間就過得很快。在這段期間裡，那傢伙私底下的面貌見過不少。在這之中起碼會有一點點東西是那傢伙真心喜歡的，而不是「形式」上喜歡。

既然如此，我那麼做就不是為了對外揭露這些，也不是為了深入探究——而是要拿來讓她開心用的。

呵，抱歉了泉，討日南歡心的冠軍將會是我。

＊　＊　＊

我們的討論到這邊告一段落。

「……菊池同學好慢喔。」

「的確是。」

她剛才說要去外面摘花，之後過了十分鐘都沒回來。

「我去看看情況——」

我說完便從沙發上站起來。
那瞬間包廂外有聲音傳來。

『是喔～～～!?那是友崎學長主動告白囉!?』
『……他……基本上是這樣。』

一聽就知道她們在講我的閒話，但對話內容沒完全聽見。
「聽起來……她好像被小鶇攔住了。」
「哈哈哈。別在意，文也。」
看水澤說得那麼開心，我除了瞪他還懶懶地坐回沙發上。
這個時候我才發現水澤原來一直在盯著我看。
「話說回來，文也。」
「嗯？」
「謝謝你啦。」
他突然跟我道謝。
「咦？怎麼突然說這個。」
聽到我那樣問，水澤的嘴角微微上揚，回話的語氣帶了些許溫度。
「那是因為，我確實說過自己喜歡葵，文也也說葵在你心目中很特別。」

「對。」

「我為什麼想要去理解葵這個人，理由就在這裡，而你當她特別可能也會驅使你跟其他人透露祕密——但其實文也你沒必要告訴『我』吧？」

「……啊。」

的確，就像他說的那樣。

即便遇到跟我懷有同樣覺悟的人，談到日南的真面目，也不是碰到任何人都能說的。

因為那代表我允許其他人來「刺探日南葵的隱私」，是很可笑的越權行為。

「也就是說，那等同你很信賴我對吧。」

「唔……」

水澤話說到這邊還露出得逞的笑容，看了就讓人火大。這話簡直說到人心坎裡了，所以才讓人超火大。

「咦？莫非對你來說，我已經算是好朋友了？」

「你、你好煩喔。」

「喔，怎麼啦，是不是在害羞？說嘛，快說啦。」

水澤一直在鼓吹我，看起來很開心的樣子。

「誰、誰要說啊。」

「為什麼不說？」

面對臉上掛著壞笑逼問的水澤，我捫心自問「對啊，這是為什麼呢？」試圖尋找答案。

我是不是已經把水澤當成朋友了？……想著想著，我找到答案了。

也不曉得這個點子是從哪來的，總之我覺得應該是那樣沒錯，就拿出來堵水澤。

「真正的好朋友……哪會特地說我們是朋友啊！猜的啦！」

這話一出，水澤瞬間錯愕地看了我一眼，接著——

「……哦——」

最後他似乎想明白了，還露出孩子氣的笑容。

然後拍拍我的肩膀，再度開口時一臉得意，又像在故意刺激我。

「這麼說也對。那今後也要拜託你多多關照啦——**文也**。」

3 模仿花花公子再轉職會轉出意外強大的職業

之後過了幾天，這天是星期六。

就在今天，計畫為日南辦慶生宴的成員也齊聚一堂，準備來開會討論，不過——

「有水澤學長和七海學姊——這次竟然連中村學長跟優鈴學姊都來了!?」

就在我家玄關前方，我那老妹正張著閃亮的雙眼直盯著看。

猜對了。要做這類企劃時，他們可能覺得就是要來我家吧，這次企劃小組的成員共有七個人，原本都聚集在北與野車站，如今全都跑到我家來了。這種景象好像似曾相識？

如今我們就在玄關那邊，妹妹出來迎接了大家，我們家那個沒教養的妹妹真夠沒禮貌的，遇到她不太認識的前輩，乾脆連名字都不叫，直接明目張膽跳過。具體來說包括小玉玉跟菊池同學。若講得更詳細一點其實還有竹井，但他畢竟是竹井，當空氣才叫有禮貌，所以這次不算數。

「妳好啊——崎崎！打擾囉！」

泉反過來跟她輕快地回禮，話說之前好像有聽說妹妹跟泉在羽毛球社那邊也是學姊學妹的關係。

「優鈴學姊！自從妳引退，我就覺得好寂寞喔～！」

就像這樣，妹妹還跑去跟泉撒嬌。我家妹妹那麼乖巧的樣子還是頭一次見到。

話說回來，當她們靠近站在一起，仔細觀察會發現髮型等等都有微妙的相似之處。搞不好我家妹妹就像一般的學妹那樣，會去崇拜看起來有型的學姊。如果真的是那樣，那她也是有可愛的地方嘛。雖然不可愛的地方更多。

等到大家說完「打擾了——」，輕鬆地打完招呼後，我開始介紹妹妹不認識的那幾個人。

「呃——這位是跟深實實很要好的夏林同學，是排球社的，很高壯的那個是竹井……」

「啊！夏林學姊，我有在體育館見過妳！」

「我也看過妳。妳是友崎的妹妹吧。」

「請、請妳多多指教！」

「多多指教啊！」

看到竹井半路殺出來打招呼，我當下一陣緊張。

因為我接下來要介紹的是——

「然後她是——」

說到這邊，我請菊池同學站到前面。

「——她是我的女朋友菊池同學。」

「…………啊？」

妹妹突然間停擺，陷入沉默。雖然只有短短幾秒鐘，卻像是被人施了能夠操控時間的魔法，菊池同學能夠使用的就只有白魔法，因此施那個魔法的人恐怕就是我。

「你說女朋友，是可以用 She 或 Her 來形容的那種？」

「不對，不能用那些代名詞……是 Girlfriend 才對。」

「喔——原來如此……是用 Girlfriend 來形容的女性朋友……」

在那之後，妹妹連動作都靜止了。

要等一段時間，得讓那種強大的時間魔法再度作用下去，十幾秒過後。

「…………媽——————！哥哥他——!!」

「咦!?…………文也交女朋友了!?今天要下大雪嗎!?還是地震!?啊啊，趕快來做防災準備！」

這場大騷動也來得太莫名其妙了，我知道自己的臉頰在抽動。怎麼辦超丟臉的。

「那、那個！」

就在這時。

菊池同學似乎下定了某種決心，她用很大的音量說話。

「我、我是有幸跟文也同學交往的人，名字叫做菊池風香！」

緊接著妹妹似乎再也無法負荷，整個人像被凍結住。

「……媽——!!有美少女叫哥哥文也同學——!!」

「啊啊！難道有隕石要砸下來了!?趁還沒被撞到，一定要好好跟人家打招呼……！」

「夠了啦，我看妳們乾脆別出來了！大、大家趕快去我房間。」

菊池同學的一席話讓我家陷入更大的騷動，總覺得接下來不管說什麼都會變成火上加油。

「文、文也同學，對不起，都是我不好……」

「不……是她們兩個太奇怪，妳別放在心上……」

她根本不需要對那種事情產生責任感，我除了幫忙安撫，還趁老妹她們吵吵鬧鬧的這段期間帶大家上樓，八個人一起走上通往我房間的階梯。

「啊哈哈，軍師你們家還是一樣有趣呢？」

「好啦，能夠讓妳覺得有趣真是太好了，受不了……」

事情就是這個樣子，深實實再次藉機調侃我，同時大夥兒也在我的房間裡展開討論會。

＊　＊　＊

「喔，那你們大家都想好要拿什麼當驚喜了嗎？」

這話是水澤說的，深實實聽完點點頭說「YES——！」。話說深實實上次可能學到教訓了吧，這次沒有作勢亂找我收藏的情色DVD。跟我一樣，深實實也成長了。話說我沒有繼續保管在數學資料夾裡，而是移到雲端上面，就這點來看，我一直都有在進步。

「接下來就只剩實踐！」

深實實接著說了這麼一句，我隨即表態「我們這組也已經想好要準備什麼樣的驚喜」。

「嗯——我們也一樣，想辦什麼活動都想好了，只是調整起來有點困難……」

在說這話時，泉嘴裡「唔唔唔」了一陣子，接著她馬上改變話題，要繼續聊別的事情。

「先不管那個了，來講今天的主題吧！我們來想想看要去哪邊玩！」

對。今日會議的主要目的是決定出遊地點，就連小玉玉都開始跟著煩惱起來。

「去哪邊比較好啊？要找葵可能會喜歡的地方……」

「嗯——最先想到的果然還是……起司？」

泉對小玉玉的話做出回應。總覺得這兩人對話的情景很少見，可是這次是在很自然的情況下展開交談。在面對菊池同學的時候也一樣，泉真的很容易自然而然跟人打成一片。

「但如果要找跟起司相關的，有適合我們去的地方嗎？……牧場？」

深實實當下也想不出什麼好主意。

「感覺上——有點微妙。」

這次泉又發出「咕唔唔」的聲音並搖搖頭。

好吧的確，說到日南喜歡的東西就會聯想到起司，如果要拿來當生日禮物或是驚喜還好說，可是連要去的地方都跟起司扯上關係，感覺就變得怪怪的。挑生日當天去牧場、起司工坊或起司博物館，感覺很不搭調。

「怎麼辦呢……」

照泉說話的語氣聽來，好像在說「糟了，被困在迷宮裡」，現在就感到絕望未免太早了。

「……我想想。」

接下來，我除了思考日南的事情——同時也在想自己的事。

因為我跟那傢伙的興趣很接近，想法也很類似。

是否要無條件相信會讓我開心的選項也適用在她身上？——撇除這個根本問題不談，如果要套用的對象是她，我覺得我的感受具有參考價值。

「葵看起來好像很疲憊的樣子，要不要去泡溫泉？」

聽完小玉玉的意見，深實實的頭跟著歪向一邊。

「咦——那是不是有點像大叔會做的事啊？」

「不然這樣好了，去大家都會去又很老套的迪士尼樂園吧？」

水澤此時用爽朗的語氣回應泉。

「這算是滿安全的選擇。可是葵應該常常去吧……她搞不好還會充當嚮導。」

「這、這麼說也對……」

「可是去遊樂園不錯耶⁉」

竹井接著拉大嗓門喊出自己的感想。說起竹井的習性，他對遊樂園、電玩遊戲和閃卡那類的都會起反應，要收買他果然很簡單……咦，嗯？

「遊樂園、電玩遊戲……」

我自己在腦袋中擅自替竹井的習性歸類，結果那給我帶來啟發。在腦海中浮現的單字彼此串聯，似乎將要催生出某種答案。以前我一直很想去某個地方，那裡感覺很有趣——

「……啊！」

緊接著我靈光一閃。雖然只是抓到一個開端，但我還是想到了。

「你是不是想到什麼了呢？」

剛才菊池同學都沒說太多話，現在卻用看著可靠男子的眼神望著我。交、交給我吧，雖然這樣的期待為我帶來一些壓力，但我對那天外飛來的點子頗有自信。

「——要不要去 YONTENDO 遊樂世界試試？」

「哦哦……懂了。」

有人馬上對我的話起反應，他就是水澤，對方嘴裡還說「這個或許不錯」，看來他完全知道我想說什麼。真不愧是**水澤**。

「YONTENDO 遊樂世界……那是軍師很喜歡的『AttaFami』發行公司吧？」

當深實實說完這句話，菊池同學似乎也會意過來，看出我用意的她恍然大悟地睜大雙眼。

「呃——……說明起來有點冗長……」

於是在不會觸及日南私人祕密的範圍內，我開始說明背後的用意。

「大家都知道日南滿喜歡電玩遊戲對吧？事實上她常常在說的『鬼正』也是源自於電玩遊戲……」

「咦，原來是那樣？」

聽到深實實出聲，我點點頭。

「然後我有跟她談過，發現她其實很喜歡『AttaFami』。」

「啊？有這回事？」

這次換中村出聲，他還不解地歪頭。嗯，糟糕。中村很有可能跟日南聊過「AttaFami」的事情，這不奇怪，假如日南對那個遊戲佯裝不熟悉，那就會跟我說的話有出入。話說之前跟中村用「AttaFami」對戰過後，印象中日南好像還在假裝她都沒玩過這個遊戲。

「呃——她好像是最近才開始玩的吧？不過她說很喜歡，還迷上了。」

「啊——……也對，如果要跟文也聊那方面的事情，會特別好聊吧。畢竟你以後都準備要當職業玩家了。」

「對、對啊。就是那樣。」

已經知道我所有祕密的水澤在這時巧妙幫腔。當他變成我的夥伴，那還真是有夠可靠的。

「所以我們才要去『Unlimited Space Japan』——統稱ＵＳＪ裡的 YONTENDO 遊樂世界……你們看，就是這個！」

接著我叫出先前想找機會去就先搜尋過的歷史紀錄，然後讓大家看智慧手機呈現出來的畫面。

下一刻中村口裡便發出「喔喔……」聲。

就好像將電玩遊戲中的世界直接搬到現實世界裡，只要是喜歡打電玩的人都會想去，是個細心刻劃的世界。可以實際上觸摸到遊戲裡的角色，跟他們互動，還可以玩賽車，在那個世界裡環遊等等，會覺得自己好像真的進到電玩遊戲裡遊玩。

若是熱愛 YONTENDO 或「AttaFami」，光是看到主題樂園的圖片就會陷入亢奮狀態，話說那根本是在講我。YONTENDO 遊樂世界就是這樣的地方。

「喔喔——！……這比想像中更棒啊。」深實實已經被收服了。

「這個好像是最近剛蓋好的！」

泉的聲音聽起來很雀躍。

「說到這個，自從遊樂世界蓋好，我都還沒去ＵＳＪ玩過。看起來好像很好玩。」

就連中村都跟他們同步，感覺大家逐漸達成共識。中村的話好像比平常還多，在看這些畫面的時候，眼睛有夠閃亮的，看來中村也很喜歡玩電玩呢。

「我、我也覺得很棒！總覺得……日南同學應該會非常開心。」

「好想去ＵＳＪ喔!?」

我想菊池同學對此事的理解程度一定比其他人更深一步，竹井看起來則是理解的深度比大家還淺三步。嗯，那這樣應該就沒問題了。

「那、那好，就去這吧？」

我這話才剛說完──

「一直在那邊討論地點也不是辦法，來這也不錯啊？有人有意見嗎！」

大家對水澤一呼百應，嘴裡回道「沒有──」「沒意見。」「我、我也沒有！」，就連跟大家還不熟的菊池同學都出聲了，於是要去的地點就這麼定了。

「那好──！接下來的葵慶生宴大作戰，目的地就是大阪的ＵＳＪ！要帶葵去YONTENDO遊樂世界，讓她開心一下~以上是目前最新進度！」

深實實說著深實實語，開開心心地炒熱氣氛。周遭其他人發出歡呼聲，還有人拍手、將手指放在口中吹口哨，耳邊能夠聽見那過剩到誇張的喧鬧聲。話說用手指吹口哨的人是中村，為什麼那種力量型的現充都會用手指吹口哨啊？該不會是遺傳吧？

「哎呀——真棒真棒！……不過話說回來，軍師果然很了解葵呢！」

「對、對啊，還好啦。」

深實實的一番話讓我有點動搖，我三不五時對著菊池同學和水澤使眼色，同時大家也繼續討論。

＊　＊　＊

之後大概過了一小時。

「好啦——該談的差不多都有結論了！」

深實實在筆記本上抄下會議紀錄，上面有一大堆謎樣小生物塗鴉，同時她幫忙做個總結。

「首先我們要去東京車站集合，搭乘新幹線前往大阪。當然我們會先把票買好，然後再去ＵＳＪ玩！」

「話說——我們還沒決定要讓誰來買葵的門票。」

面對察覺此事的水澤，小玉玉舉起手。

「啊，那我來買！」

「喔好，就拜託妳啦。」

就像這個樣子，我們陸陸續續決定每個人該扮演的角色，當時的深實實正在確認剛才整理好的會議紀錄，嘴裡還說：

「等到我們玩完，大家會一起去住USJ附近的旅館，在那邊辦驚喜慶生宴！然後葵會哭！」

「聽起來超隨便的……」

「軍師你別計較那種小事嘛！」

這個時候泉舉起手說「啊，我有一個問題！」。

「請說，可愛的優鈴小妹！」

「晚餐要吃什麼!?想說既然要吃，找葵吃了會開心的可能更好！」

這話讓深實實突然間變得欲言又止。

「啊——那個……」

她開始偷看小玉玉，對她使眼色。

「咳咳！就是說呢……這部分就交給我們兩個吧！」

「咦？……啊！了、了解！」

泉在回話時似乎嗅出某些端倪，沒有再進一步追問，問到這邊就結束了。雖然過度深究不是件好事，但她剛才出現那種反應。再加上小玉玉說晚飯的事情就交給她們……那我看深實實這一隊八成要拿晚餐來做文章，當成是給日南的驚喜，諸如此類的。這樣我就懂了。

依我看——應該是說八九不離十，深實實她們準備的驚喜會跟起司有關。日南是真的喜歡起司，這點不會錯，那方面的安排就交給她們了。

時間來到傍晚。

「今天打擾你們了——！」

反正也討論得差不多了，後半段的時間幾乎都在玩電玩，不然就是撲克牌或桌遊，這成了下半場的主要活動，此時這次的會議也宣告結束，我來到玄關那邊，跟妹妹和媽媽一起目送大家離開。

「各位!!請你們改天再來!!」

「嗯，那我改天再來，崎崎！」

「好！」

疑似是妹妹崇拜對象的泉做出回應，那讓妹妹心情變得很好。

接著媽媽和妹妹就用悄悄話討論了一些事情，她們連眼神都變了，兩個人還在那邊頻頻點頭。究竟在說什麼啊？

大家跟我們道別完就離開玄關走人。玄關那邊只剩下我、妹妹和媽媽。是說我現在剛好面對門那邊，感覺後方一直有股強烈的視線。

「那接下來，哥……」

「文也……」

「在、在這……」

我戰戰兢兢地回話，順便把頭轉過去看那邊，這一看卻看見她們兩人已化為充滿好奇心的惡鬼。

「你是什麼時候交到女朋友的啊!?」

「文也，你怎麼都沒說!?而且她還那麼可愛!!」

「就是啊!!哥哥怎麼有辦法交到那麼可愛的女朋友!?」

「你如果幹了什麼壞事，可以來找我商量！文也，假如你要自首，我會跟你一起去！」

媽媽跟妹妹對我說些讓人摸不著頭緒的話，害我覺得很煩。

＊　＊　＊

當天晚上。

我用智慧手機搜尋ＵＳＪ和YONTENDO遊樂世界的資訊，結果——

「……啊。」

我有先跟足輕先生聯絡過，他透過LINE回覆我了。

我點開那則通知訊息，看看內容是什麼。

『原來如此，事情我都明白了。

我有個學弟在當電玩遊戲的程式設計人員，你要不要去跟他談談看？

看看要挑哪個禮拜的禮拜天，中午時段他有空赴約。』

「得救了……」

有名的職業玩家還真不是蓋的。事情這麼容易就談成了。有可能看在我是nanashi的份上，他才願意撥空，或許部分原因是這個，但總之還是要感謝他。

我馬上在這次的驚喜慶生宴小隊LINE群組中告知此事。話說是水澤提議要創建這個LINE群組，他說「這樣比較有效率吧」才替我們弄的。不愧是用高效率手法遊戲人生的水澤。

後來過沒多久，另外那兩個人紛紛回傳訊息。

『禮拜天的話，我明天跟下下禮拜都有空。』

『我都可以！』

「嗯。」

照這樣看來，如果要約個時間，不是明天就是下下禮拜的星期天。

距離日南的生日到來還有一個月左右——假如接下來有機會製作遊戲，連同製作期間都要考量進去，約下下禮拜好像太晚。

基於上述原因。

我先跟他們兩個做過確認，接著發訊息回覆足輕先生，希望能夠約近一點的日期見面。

再來過了十幾秒，對方馬上就回覆了。

『那就明天下午三點去板橋車站見面，這樣如何？』

「那再麻煩你們了……傳送。」

足輕先生那麼快就回覆了，給人感覺是工作能力很強的大人，好帥氣喔。回完訊息後，我將智慧手機關閉，拿去接上充電器充電，在我原本坐的那張椅子上向後靠著椅背。

如今日南正在拒絕我。

可是——即便如此，我還是願意花時間讓她開心一下。

怎麼會這樣？直到現在，我還是弄不明白。

腦裡回想起待在第二服裝教室裡的日南，還有大家眼中的日南。

之前我以為日南在班上是扮演玩家日南葵，操控身為遊戲角色的日南葵。但她只會在我面前拿下假面具，原本是玩家的她會降級來到屬於遊戲角色的世界，並與我對談。

只不過，事實上或許並非如此。

不管是跟我們待在一起，還是來到第二服裝教室。

那傢伙都是處在更高的次元中，化身為玩家日南葵，將遊戲手把接在名為 NO NAME 的角色身上，假設她都在做這種事好了。

那她並非做做樣子的真實面貌——

那個既不是完美女主角也不是 NO NAME 的日南葵……究竟在哪呢？

＊　＊　＊

時間來到隔天，這天是星期日。

我跟菊池同學和水澤一起來到板橋。

說起板橋，我和日南前些日子曾一同造訪此處的車站——那也是足輕先生居住的地區。

「我看看——啊，在那邊。」

一找到足輕先生指定的咖啡廳，我就帶那兩個人過去。

「話說那個人好像叫足輕？他是職業玩家對不對？靠玩遊戲維生。」
「對啊。」
「……哦，這樣的生活方式好新奇。」
「算是吧……也許比較脫離常軌，但我也想拿那個當工作就是了。」
「哈哈哈，對喔有這回事。」
對還沒見到的人感興趣，這樣的水澤並不多見，一面想著，我走過斑馬線來到咖啡廳入口。進到裡頭才發現足輕先生好像還沒來，於是我打算先找位子坐下——
「嗨，nanashi。」
「唔哇!?」
此時背後突然有聲音傳來，害我整個人跳開。轉過頭才發現說話的人正是足輕先生，看樣子他來店裡的時間點跟我們不相上下。
「我、我說你，既然在就說一聲啊。」
「不對吧，現在不就叫了嗎？」
「……也對。」
我當場被對方那套理論完封，就連水澤和菊池同學都在旁邊偷笑。
水澤很快進入狀況，臉上浮現平常慣用的笑容，主動跟足輕先生攀談。
「初次見面。我是文也的朋友，名字叫做水澤孝弘。」
「你說文也……噢我懂了，在說 nanashi 對吧。我的話……對不是遊戲玩家的人報出這個名號會覺得有點丟臉，但你們可以叫我足輕。請多指教。」

「好，今天來就是要談生日驚喜的事情，但有機會還想跟你打聽各種資訊。請你多指教。」

「嗯……喔那個啊，明白了。」

情況就像這樣，水澤很流暢地說完一整串話，就算面對的是足輕先生依然不改常態，看了甚至會覺得他有點在主導對方。這種溝通技巧是從哪學來的啊。聽說他有在可疑的地方打工，這傳聞該不會是真的吧。

「那——這位女孩是？」

足輕先生有點像是要將話題從水澤那邊帶開，目光轉而落到菊池同學身上。

菊池同學顯得有些迷惘，不時偷看我。這——我想現在菊池同學心裡在想的應該是那件事吧。唔嗯，我早就知道菊池同學會有這樣的一面，嗯。

於是我就伸出手掌示意，指著菊池同學——

「呃——她是菊池同學……也是我的女朋友。」

「咦——!?」

難得足輕先生會發出那麼大的聲音，這導致菊池同學跟著臉紅——還以為會那樣，沒想到她看似有些滿足地點點頭。糟了，菊池同學開始習慣這種處境。我原本還希望她這一生都能繼續害羞下去地說。

「妳就是 nanashi 的……原來如此。請多指教。」

「敝、敝姓菊池！那個、這個……請、請您多多指教。」

跟人打完招呼後，菊池同學身上的緊張感又回來了，只見她朝人低頭一鞠躬，足輕先生則用成熟的笑容應對。

「總而言之，我們先去那邊坐坐吧。」

「好、好的！」

於是我就跟著足輕先生過去，還試著將心中的疑問問出口。

「請問……那位程式設計師在哪？」

對。今天我們就是要來討論遊戲創作的事情，足輕先生說他有認識的電玩程式設計師，我們要跟那個人碰面。只是到現在都還沒見到人影。

「其實我要他晚三十分鐘再來。因為這次的案子有太多不確定因素，我先來聽聽你們怎麼說，這樣可能會比較好一點。」

「啊……原來如此。」

感覺他的對應方式很成熟，果然是社會人士，各方面都很周到。就算是職業玩家，也不是只要會玩遊戲就好，我想還需要具備這方面的能力吧。

我們一行人來到座位上坐好，之後過了幾分鐘，我們大家都點了飲料，討論會先從閒談開始。

「話說回來，還挺令人意外的。」

「你說意外，是指什麼啊？」

聽到我這麼問，被問話的足輕先生看看水澤和菊池同學。

「只是在想 **nanashi** 的朋友和女朋友原來是這個樣子的。」

「哈哈哈，這個樣子是哪樣子啊？」

看到足輕先生用隨興的語氣說了那番話，水澤也選擇用輕浮的語調回應。他們兩人開始輕浮攻防戰。

「總覺得——這麼說好了，看起來不像遊戲玩家。」

「啊——或許是吧。但說得更貼切點……」

相較於平常和我說話，水澤語氣上顯得更為刻意。

「我這個人是屬於將人生當成遊戲的那種。」

這話一出，足輕先生就陷入沉思，嘴裡還「嗯」了一下。

「原來如此，挺有趣的。若是用這種邏輯來看，玩家終歸是玩家，不將自己定義為玩家的人也會熱衷於別的事情，因此所有人都可以說是遊戲玩家吧？」

「咦？對……那樣講——應該也行。」

「話說回來，只要具備某種規則或結果，那所有的一切都可以說是遊戲。」

「喔——文也也那麼覺得？」

我跟足輕先生突然說起道理來，水澤看我們那樣似乎感到錯愕，話說我們遇到這種事就會開始有一堆想法，那算是遊戲玩家的特性。然後菊池同學一直笑咪咪地看著我。真的好有包容力。

「讓各位久等了～」

這時我們點的飲料送過來了。

「抱歉抱歉，我們越聊越奇怪……對了，你們想製作遊戲對吧？」

以這句話為開端，我們開始切入正題。

＊　＊　＊

「原來是那樣，想要送遊戲當禮物啊……」

我將事情的經過大致說明一遍，接著足輕先生就拿起眼前那杯飲料喝了起來，嘴裡發出呢喃。話說足輕先生喝的是熱可可，有點意外。

「對，我們覺得送這個禮物最合適。」

「嗯，那倒也是，假如真的能夠做出來，對方也會很開心吧，照你們剛才說的話聽來應該是那樣沒錯……」

「是。」

見我回應，足輕先生就像平常那樣回話，有點像是在自言自語，但是聲音聽起來又很清楚。

「但一般人會做到這種地步嗎？」

「哈哈哈！說得也是喔！」

足輕先生突然朝我們直射火球術，水澤見狀笑了笑。

「也對，這樣說是沒錯……」

過了一會，就連我都跟著點頭附和。聽人這麼一說才發現好像是那樣，雖然是班上同學的生日，但一般人也不會特地去找專家，委託他們製作原創遊戲吧？就算面對的是男女朋友或這類親密對象，做到這種地步也不免會擔心自己做過頭，反而害對方嚇到。是說我還沒替菊池同學慶生過，所以我也無法斷言。

「那就表示壽星對你們來說真的很特別吧？還是說像水澤這種男生，在班上是風雲人物，這麼做很稀鬆平常？」

「哈哈哈！怎麼講成這樣。」

「沒有啦，只是在想我如果跟水澤同學就讀同一所高中，而且還是同一個班級，應該沒辦法和你變成朋友吧……」

足輕先生在說這話的時候，語氣上聽來像是介於開玩笑和真心話之間，這讓水澤看似愉快地笑了出來。

「足輕先生，你說話很直呢。」

「是啊，年紀大的人特別拘謹，光顧著說客套話，這樣你們也很難跟我對談吧？」

「沒錯，現在這樣比較好聊。」

面對說話都不加修飾的足輕先生，水澤看起來好像很開心的樣子，我看他八成覺得足輕先生很有趣。是說他在碰面之前就有點感興趣了。他是不是喜歡有點特立獨行的人？現在回想起來，他也說我是個怪咖，還說跟我是同一掛的，突然就跑來接近我了。

「是說在我們的群體中，一般而言也不至於會做到這種地步啦。」

「啊，原來是那樣啊。那這次為什麼要做到那樣？」

「嗯——足輕先生，你剛才有說壽星對我們來說可能很特別對吧。」

「是有說過。」

水澤說完順手用吸管攪拌他點的冰咖啡，將冰塊攪出喀啦喀啦的聲音。

「這次要慶生的對象是女孩子，她剛好是我喜歡的人。」

他又面不改色說這種話了。

這說法我最近才剛聽過，但我和菊池同學還是嚇到肩膀顫了一下。不對，這種話不管聽幾次都很難習慣啊。

「哦，原來是那樣？」

然而足輕先生聽他那麼說，回話的語氣超乎想像平淡，水澤看上去像是略感遺憾的樣子。喂，你這傢伙是真的想看對方做出驚訝反應啊。這個大人可是第一次和我們見面，別幹那種事嚇唬人。

「水澤，其實你用不著連這個都說啊？」

「但也沒規定不能說不是嗎？」

「確實是那樣，但是……」

但也找不到任何理由來支持你說啊，再說你都已經用冠冕堂皇的態度說了好幾遍了。換作是我，要使出那種超究極大魔法咒語，那可得花掉我所有的魔力，水澤卻能連續發射，像在放一般攻擊那樣。

「也就是說……另外兩位？你們這次會出面都是在為水澤談戀愛鋪路？」

「啊——也不完全是那樣……」我說完搖搖頭。

好吧，人家不免會那樣想吧。因為我跟菊池同學都已經在交往了，然後我們這次要慶生的對象是女孩子，湊在一起活像這對情侶要來幫忙單相思的水澤，旁人難免會那麼想吧。

「不……其實——那女孩對我來說也是個大恩人，我欠她的再怎麼還都還不清……」

「哦……」

「那麼菊池同學妳呢？」

「是、是的！」

菊池同學剛才都沒說什麼話，發現話題繞到自己身上，頓時跟著慌亂起來。

「那個……我對那女孩……做了不該做的事情……雖然談不上補償，但我還是想……讓她開心一下。」

「……原來是這樣。」

將我們的陳述聽過一輪後，足輕先生最終變得一臉凝重——

「換句話說，那女孩……背後恐怕有很多故事是吧……？」

雖然只是碰巧，但足輕先生直接道出重大關鍵。

＊　＊　＊

後來過了幾十分鐘。

「噢，你來啦。嗨嗨，今天多謝啦。」

「嗨——足輕學長好。」

據說是足輕先生學弟的男性遊戲工程師一到場，足輕先生就從椅子上站起來，開始跟他寒暄，我們也跟著站了起來。

「他是遠藤。在製作遊戲的公司上班……聽說也有在接YONTENDO的部分軟體外包工作。」

「原來啊，你好，初次見面。」

遠藤先生的年紀大概落在二十五歲左右，留著一頭黑色短髮，還戴了眼鏡，身上穿著白襯衫加牛仔褲，打扮上看起來很隨興，一看就覺得是在做創意產業的，不過那頭短髮和服裝都很乾淨整齊，是一位給人整潔觀感的男性。說到第一印象，大概會覺得他在工作上很幹練吧。

對方的表情一直都很柔和，嘴角總是上揚著，臉上笑咪咪的，這點令人印象深刻。

「那——首先這位就是傳說中的 nanashi。」

被人用那種意味深長的方式介紹，我馬上點頭致意。

「初次見面你好。呃——我就是 nanashi，名字叫做友崎文也。」

我在想是不是該配合足輕先生的介紹，只要說暱稱就好了，但又想到這次是以班上同學友崎的身分出面委託的，這才決定像一般人那樣，不惜用本名做自我介紹。

「哦——你就是 nanashi。我有聽說過你的事情。敝姓遠藤。平常都在當程式設計師，但私底下也有在開發遊戲APP。」

他說聽過我的事情，都聽說什麼了啊……我是有為此感到好奇啦，但轉念一想，傳話的人是足輕先生，應該不至於說些負面消息。於是我要自己別太擔心，並向對方點頭回禮。

「你好，我是 nanashi 文也的朋友，名字叫做水澤孝弘。」

我看水澤今天才剛聽說「nanashi」這個字眼吧，他一下子就吸收進去了，跟對方有禮地問候。這傢伙的社會人士技能果然也點很高。他真的是高中生？

「那、那個！我是文也同學的……嗯——！不對……我叫菊池風香。」

菊池同學原先想循著水澤的自我介紹模式做自介，來介紹她跟我的關係，但她自認差點說了不該說的話，於是最後跟人打招呼的那段就變得結結巴巴的。雖然已經漸漸習慣我把她當女友介紹給別人認識，但是要跟初見面的人主動宣告，似乎仍缺乏相應的勇氣。

遠藤先生的目光在我們三人身上遊走，接著露出微笑。

「你們幾位都很討人喜歡……不過今天要直接談工作上的事情，這樣可以吧？」

「好、好的！是這樣的……」

於是我就率先出馬，將這次的委託內容大略說明一次。

「我們這次要幫朋友辦慶生宴——」

緊接著我還說她很喜歡玩電玩遊戲，甚至特別喜歡「AttaFami」。我們想要製作跟那個遊戲類似的原創遊戲，而且這次要讓她發自內心感到開心，因此希望遊戲能做到某種水平。也因為這樣，可以的話，我們很想製作類似「AttaFami」的遊戲，而且實際上是能夠拿來遊玩的。那些內容越說越細，關於那女孩就是Aoi的事則先隱瞞不提。

遠藤先生將那些內容全都寫在包有黑色人造皮革的手帳上，寫完將鋼筆的蓋子蓋回去，在空白處「咚咚」地敲了幾下。

「我覺得這個案子難度很高。」

「果、果然是那樣啊？」

「還有交件期限……不對，應該是說那女孩的慶生宴辦在什麼時候？」

「好像是……」

「三月十九日。」

一旁的水澤出面回應。不愧是對日南有意思的男人，如果要跟人搶答日南的生日，他可是最強的。

「嗯——我要先跟你們說一下……講到格鬥遊戲，原本製作的難度就很高。」

「啊——……果然是那樣。」

這我早就想過了。

「對，要設計遊戲角色，還有角色的動作，上自音效下至遊戲平衡性，製作工序實在太多了，單憑一己之力製作有相當的難度……最起碼，我敢說一個月內無法完成。」

「是這樣啊……」

聽到對方那麼說，我們三人的神情瞬間變得黯淡。

「話是這麼說沒錯，但問題要怎麼解決，就得靠遠藤你來想了。」

「也是——……但這很難想。」

見足輕先生提出無理的要求，遠藤先生聽了「嗯」了一聲並陷入沉思。

「抱、抱歉，是我們太強人所難了……」

「不會不會，足輕學長常常這樣。」

當我出面道歉，遠藤先生便如此回應，還一副很習慣的樣子。

「我想想……那打個比方，改成這樣如何？」

對方那說法像是找到突破口了，我聽完不由得向前探身。

「遊戲裡面會有跟『AttaFami』相似的場景和角色配置，可以同時讓兩個人操控角色來對戰。角色身上會增加打擊判定，一旦觸碰到對手的角色……接下來並不會進入格鬥模式，而是會出現選項。」

只見遠藤先生滔滔不絕地說著，邊說邊在腦中組建。我邊想像邊消化他說的話。

「啊……我懂了。」

經過想像後，感覺那比較貼近RPG角色扮演遊戲，或是多人遊戲中的迷你小遊戲，我好像見過類似的遊戲系統。

「所以呢，最後會變得像是猜拳那樣，根據你們選的選項來分勝負，並逐漸給予對手傷害。可以重複這一連串的過程將對手幹掉……若改成這種系統單純的『AttaFami風格』對戰遊戲，要做出來不是不可能。」

「我應該……懂你的意思。」

「原來要改這樣。的確，那樣就不需要比照格鬥遊戲加一堆動作，而是操控遊戲角色去下打擊判定——大概只要做出遊戲的基本架構就行了吧？」

聽到足輕先生向他確認，遠藤先生點點頭說「對」。

「如果遊戲只有你們自己人會私下拿來玩，那我可以拿『AttaFami』的圖檔來套，這部分沒太大問題……」

「哈哈哈！那算是遊走於灰色地帶吧！」

聽對方說出如此大膽的提案，水澤看起來好像很樂。

「如果改用這種方式製作，我想一個月內應該能及時弄完。」

遠藤先生這番話讓菊池同學的表情瞬間一亮。

「真、真的嗎！那太好了！」

這下所有問題都解決了——看似如此，這次的討論會正準備到此結束，但我個人還是覺得有點怪怪的。

「呃——……這樣確實很好……」

「文也你是覺得哪裡不對嗎？」

看我欲言又止，水澤拋出這個疑問。

心中那種不對勁的感覺尚未形成具體言語，我接下來要說的話像是在摸索輪廓。

「就是……我認為遊戲大致上會包含兩種要素。」

「哦，nanashi 要提出遊戲理論啊，似乎很有趣呢。」

足輕先生將這話說完就目不轉睛地盯著我看。

「哎呀不對吧，拜託你別讓製作難度提高……」

「文也，我等著看你會說什麼。」

「你這傢伙……」

即便有兩個人用嫌棄的目光看我，我依然把話說出來，同時深入思考。

「說起遊戲，內容範疇包含遊戲系統和規則之類的，外觀取向則有遊戲角色或介面等物件對吧？」

「有是有。」

「原來你想說這個。是那樣沒錯。」

「我大概明白你的意思啦……」

「請問──這是什麼意思呢……？」

這幾個人分別是遠藤先生、足輕先生、水澤和菊池同學。聽完他們各自的回應會發現那幾個人在遊戲方面的造詣依序由深入淺，理解度也截然不同。嗯，那我在說明的時候還要讓菊池同學聽懂才行。

「舉個例子，『AttaFami』可以朝地面或空中這兩個方向出招，若是攻擊對手，對方有機會飛個大老遠，假如最後能把對手用的角色打出場外，那離勝利就不遠了，遊戲內的系統跟規則是這樣對吧？」

「是、是的。」

只見菊池同學拚命向上仰望，專心聆聽我說話。之前我們兩個有在我家玩過「AttaFami」，她應該是在回想那件事吧。

「再來，除了那些……再舉個例子，遊戲裡面有忍者角色Found，狐狸角色Foxy，蜥蜴角色Lizard，各個角色的造型千奇百怪。可是這些和遊戲系統、遊戲規則完全無關不是嗎？」

「這個……是那樣嗎？」

原來如此，菊池同學不懂的點在這啊？那我該怎麼說明才好。

想到一半，一旁的足輕先生出面幫腔。

「若是要舉例的話……就像是把 Found 換成藍色火柴人，Foxy 換成紅色火柴人，Lizard 變成綠色火柴人吧？但即便是這樣好了，遊戲系統或規則本身依然不受影響對吧？」

「啊，我明白了！意思是說就算變成那樣，這還是一個攻擊對手將對方打倒的遊戲！」

大人出面打比方，菊池同學這才會意過來。

「但那會怎樣？」

這話讓水澤在插話時，頭歪向一旁。

「呃──其實呢。就我所知……」

緊接著我想起遇到日南後，她曾經跟我說過的話。

「比起遊戲的外觀，日南她應該更重視遊戲規則或系統。」

我才剛說完，水澤就一臉訝異地眨眨眼。

打從我認識她，這位 NO NAME 就一直保持一貫的想法。

擁有簡單又深奧的遊戲規則，這樣的遊戲對她來說才是神作。因此那傢伙才會認定人生這場遊戲是神作，像那個有角色「布因」的遊戲乍看之下好像是專門給兒童玩的，但她卻能看出其中的有趣之處——而且還發現「AttaFami」這個多人遊戲有多麼深奧。

「也就是說……那麼做頂多只有外觀是『AttaFami』風格，骨子裡卻是截然不同的遊戲，我想日南會看的還是遊戲內涵——也就是遊戲規則。」

這時我才發現自己不小心提到日南的名字好幾次，便對足輕先生說「啊，日南就是我們要慶生的對象……」，趕快把場面圓回來。我好像一不小心太過投入了。

足輕先生聽完緩緩點了好幾次頭，接著才開口。看足輕先生那樣，遠藤先生在旁邊觀望，疑似要等著看他如何表態。

「原來還有那樣的考量……可是這樣一來，事情就難辦了。」

「……難度確實是會提升。」

沒錯。那傢伙是會重視遊戲規則的人，也就是說——

我們沒辦法用外觀來蒙混，因此接下來這不到一個月的時間裡，我們必須打造出遊戲該有的高品質內涵，換句話說，必須做出「簡單又深奧的遊戲規則」。

「就算能夠偷開密技，未經許可挪用那些圖片素材，系統的部分做起來還是有難度。尤其那又是格鬥遊戲。」

「就是啊。」

足輕先生跟著點點頭。

「話說回來，文也。既然要製作遊戲，我們就只能在某種程度上妥協吧？按照我歷來的經驗，當我們拿出這麼用心準備的生日驚喜，對方就會感受到我們的誠意啦？」

水澤選擇冷靜看待現實面，出面規勸我。確實就如剛才那些話所說，也許日南重視的是遊戲系統和規則，但那傢伙基本上已經對「AttaFami」很有愛了。既然喜歡這個遊戲，玩著玩著不免也會對遊戲角色本身慢慢萌生愛意。

從這個角度來看，我們可以選擇次好的方案，只借用原始遊戲裡的角色，打造遊戲系統時著重實踐度，這樣的做法並非不可行吧。

「畢竟剩下的時間都不到一個月了……」

看來菊池同學也認同水澤的說法。應該這麼說，她不曾看日南針對遊戲、針對「遊戲規則」高談闊論，因此才沒概念。

究竟日南有多麼重視「遊戲規則」和「架構」，又有多麼偏愛。

若是不清楚這點，他們就不會明白遊戲規則的重要性凌駕在一切之上。

「也是啦……」

正因為這樣，我才要試著想出解決之道。

不能一股腦胡亂主張「我知道她就是那樣的人」，為了讓其他人認可我的說辭，我必須找出必要的關鍵性因素，去說服對方接納。

簡單講，我要去模擬日南葵的做法，看怎樣能讓她開心。

遊戲有所謂的本質和外觀。

具體而言，舉例來說就是所謂的遊戲規則和圖像元素。

為了讓日南開心，讓她迎接最棒的生日——換個說法，那也等同實現我想達成的目標。我要從現在得到的線索中推演出最有機會實現、最有效的點子。

若是要按照我的做法——

假設我們可以改變前提——

「……啊。」

當下有個念頭在我心中閃現。

「nanashi，你是不是想到什麼了？」

這時足輕對著我提問。

於是我先吸進一口氣再吐出來，接著說：

「不好意思，這樣講就好像話題又繞回去了，雖然覺得抱歉，不過……」

在說話的當下，我腦中想著同樣受日南喜愛的另一款遊戲。

「——若是改成射擊遊戲，你們覺得怎樣？」

這話才剛從我口中說出，遠藤先生和足輕先生就表現出詫異的樣子。

「這個嘛……如果是簡單的2D射擊遊戲，準備工作應該會少很多……」

遠藤先生回話時不忘斟酌用詞。

「是真的嗎！」

「不過，為什麼要選射擊遊戲？」

面對話裡隱含試探之意的足輕先生，我一時間不知該從何答起。

「這個嘛——是因為她……對另一個遊戲也很熱愛，程度和『AttaFami』不相上下。」

當我說完這番話，水澤和菊池同學顯得一臉錯愕。那不能怪他們。因為在跟他們兩個說日南的事情時，我並沒有詳細提及這方面的資訊。

「意思是說她特別愛的那個遊戲是射擊遊戲？」

我點點頭。

「那個遊戲叫做『去吧！神射手布因』。」

果不其然，水澤和菊池同學依然還是一副不解的樣子。然而當下足輕先生的雙眼立刻綻放光芒。

「喔喔！原來是布因啊！這女孩品味真不錯！」

不愧是職業玩家足輕先生，看來他也知道布因。只見足輕先生懷念地抬頭仰望，用感念的語氣繼續說下去。

「那個遊戲的遊戲性很強，故事也做得很好……印象中布因好像會說『精準到跟惡鬼一樣，鬼正！』，真的很可愛。」

「『鬼正!?』」

這樣的景象還真少見，水澤和菊池同學都出現驚訝反應，聲音還完全重疊。

「咦，怎麼了……發生什麼事？」

看他們兩人那麼驚訝，足輕先生也被嚇到。好吧也對，聽到「鬼正」這個字眼異口同聲出現驚訝反應，若是不認識在高中校園裡的日南，看到這樣的情況會完全摸不著頭緒吧。這空間變得好微妙。

這時水澤整個人湊到我身邊──

「原來『鬼正』就是來自那個射擊遊戲？」

「對，就是那樣。鬼正。」

「文也，這樣很煩。」

看到我迅速拿手指用力指著他，水澤將手指彈開。好過分喔。

「文也同學，改成那樣應該有辦法趕出來！」

菊池同學看來也為此感到相當振奮。跟日南沒有聊過太多話的菊池同學也對鬼正的事情印象深刻呢，雖然那讓我瞬間驚訝了一下，但話又說回來，日南那傢伙在選舉的演講上依然面不改色說出「鬼正」。不管怎麼看，我都覺得她用過頭了。

「這樣就有機會弄出來對吧？」

聽到我那麼說，另外那兩個人也紛紛點頭，都認為此案可行。看我們三個人那樣，足輕先生真的是一臉狀況外的樣子。

「看來那女孩愛用『鬼正』的事情還真是人盡皆知……」

看足輕先生邊說邊苦笑，我們幾個用非常有自信的語氣回答「對！」。

＊　＊　＊

之後我們針對遊戲的製作方針稍微討論了一下，彼此間達成共識。

雙方交涉漸入佳境——應該這麼說，接下來才要講重點。

「果然還是……要談這個了。」

「就是啊。」

聽到我那麼說，遠藤先生臉上帶著溫和的笑容，但點頭時目光顯得很堅定。

「我們都是職業級的——必須索取一些報酬。因為要花時間在這上面。」

他說對了。要來談錢的問題。

雖然是熟人的熟人，但對方是專業程式設計人員，以此營生。如果跑來做我們的案子，那段期間就沒辦法接其他工作。那我們就應該拿出相應的金錢，來填補那段空缺，這份責任自然該負。關於這點，我跟水澤他們也已經事先講好了，大家都做好心理準備。

「雖然是那樣，但這次你們是足輕先生認識的人，再加上又不是要做商業等級的案子，我是希望報酬能夠壓得比一般行情更低。」

「這、這是真的嗎？」

「對，再說你們也還是高中生。總之，還要先看你們有多少預算……」

「這、這麼說也對。」

談這種事我不是很習慣，應付起來處處卡關。那跟平常在班上和大家交談完全不同，應該是說如果要像這樣，來談跟時間和金錢有關的損益話題，該用什麼樣的用字遣詞、如何切入，這我是一點概念都沒有。兩者的遊戲規則實在差太多了。

「那麼，這部分要如何定奪？」

遠藤先生率先拋出疑問，還是用很商業性的口吻，這問題是對著我說的。都怪我之前在講話的時候，臉上彷彿寫著「我就是幹事」。

「呃——就、就是說……」

我想不到該如何回應，但是又不能一直保持沉默，於是就擠出一些話來爭取時間。但那樣的招數只能持續幾秒鐘，等這幾秒過完，我就得生出一些答案。唔，該怎麼辦啊。

若是要拿個主意，首先要把我的零用錢額度當成參考基準——我腦子裡盡想些偏離正軌的事，說時遲那時快。

「——關於這次的委託，按照工作內容和工作時間來看，您覺得大概值多少？」

這時有一道聽起來自然不做作的聲音傳來，悄悄地融入。

「我們占用您寶貴的工作時間，應該要盡力準備謝禮，當然我們是第一次做這種事情，各方面都不太清楚……」

這時有人滔滔不絕地說了一串話，流暢到彷彿是事先想好的一樣，那個人就是水澤。

「這——值多少價啊，我想想……」

看到水澤那樣，遠藤先生臉上出現訝異的表情，手放在下巴上，開始思考起來。在他旁邊的足輕先生也睜大眼睛，剛才水澤那一瞬間的舉動似乎已經將局勢扭轉。

水澤剛才的樣子活像之前選舉時待在校門前的他，或者在體育館進行助選演講的他。對了，說到這種重視「表面功夫」的對話，這傢伙搞不好已經厲害到可以跟日南平起平坐的地步。

「差不多是……」

可能不方便直接明講吧，遠藤先生用鋼筆在咖啡廳準備的紙巾上潦草地寫下金額，再把那樣東西偷偷交給我，用這種方式向我透露價格。

「……我知道了。」

大致上來說，就算我跟水澤兩個人的打工報酬加起來，也要花掉將近半年份。老實說這樣一大筆錢不太可能拿得出來。我將那樣東西傳給水澤和菊池同學看。菊池同學一看到那個金額就瞪大雙眼，活像看到外幣的樣子。好吧，平常菊池同學很有可能是拿白色羽毛去換錢。

「啊——……」

眼見水澤看了發出悲呼，遠藤先生點點頭說「也是啦」。

「高中生很難拿出那麼多錢。所以我們可以讓品質稍微下降一些，看在足輕先生的面子上打折，價錢降到一半的話……最後大概會變成這樣，但對你們來說還是太貴了吧。」

「……是，確實很貴。」

只見水澤停滯片刻才說話，看起來似乎不太能接受，同時他的回應也算得上明確表態了。

「那也只能說聲抱歉，如果要降到更低，我還是得顧及生活，就沒辦法撥出時間處理……假如要做成真的非常簡單的免費遊戲，那跟你們要的會有點出入吧？」

聽到這話，水澤點點頭——

「對，所以能夠找到折衷點是最好的，不過——」

他一臉嚴肅地「嗯」了一下，開始陷入猶疑。

那修長的手指在桌子上「咚咚咚」地小幅度敲動，雙眼朝著斜下方看，想必是在觀望大家的反應，同時還在腦內檢查一些資訊吧。

「……」

對於這陣沉默，水澤看似完全沒放在心上，並沒有急著開口，一陣子後他的目光在我跟菊池同學之間來回梭巡。看起來不像在尋求幫助，比較像在找什麼線索。

一會後，水澤的視線定在我身上不動，嘴邊還出現笑意。

「……嗯？」

我有非常不好的預感。正想尋找這預感背後的緣由，水澤就別有用心地開口：

「文也，可能——要麻煩你稍微拚一下，你沒問題吧？」

「咦？」

「——那麼，遠藤先生、足輕先生。」

水澤說那些話似乎是在跟我做確認，也沒等我回應，直接去叫那兩個人的名字。刻意提及對方的名諱，這在對話中算是很強的防禦技能，那兩個人彷彿被這招數吞噬，目光都轉到水澤身上。

「現在，我們有一個提議。」

當下水澤豎起一根手指，臉上的表情變得很有自信，怎麼看都不像高中生面對兩個大人該有的態度。足輕先生和遠藤先生依然睜大雙眼，視線都被水澤的表情和指尖吸引。

「現在才說這個太晚了，但我們還是高中生，老實說也沒什麼錢。」

「啊哈哈，這倒也是。」

在說話的時候，水澤語帶調侃，語氣很誇張、很厚臉皮，遠藤先生看了不禁失笑。那話語中透著幽默，也有可愛之處，將話中內容修飾得更加圓融。

再來我發現一件事情。

接下來——水澤要開始跟人交涉。

「是的，雖然有在打工，跟大人比起來還是很窮……」

「哈哈！有可能喔。」

水澤發話時隱藏真心，不停加上外在的演技。我想那看似不起眼卻是高度技巧，一下子談到條件，一下子談到錢，用柔和的方式討論核心問題，那牽涉到我方和對方的利益糾葛。這在交涉中應該是必要的技能吧，甚至能夠藉此主動出擊，讓自己掌握主導權。

可是我猜不透水澤突然發表這段演說是基於什麼目的。

「還有……我們手邊會沒錢，其實是有原因的。」

「原因？」

「對。」

話說到這邊，水澤換成看我。

「說到這位 nanashi，最近非買不可的東西可多了。知道是什麼嗎？」

「……不曉得。」

對談形式突然演變成猜謎，遠藤先生的頭跟著歪了歪。像這樣每隔一段時間就拉對方互動，那是不是也是水澤的招數之一？這麼說來，記得之前在校門前為選舉演講時，他好像也說過「那位戴眼鏡的同學！」。

事情進展到這，水澤對我使了一個眼色，先笑了一下，之後才繼續說話。

「──他是在買直播器材。」

聽了這番話，足輕先生跟遠藤先生都跟著點點頭，一副了然於心的樣子，但我──心中除了驚訝還是驚訝。

我的確立志當職業玩家，也已經開好 Twitter 帳號，還決定今後要定期參加線下聚會等等。同樣的，我還要自己做影片放到網路上，或是做直播，想要探尋各種可能性。

可是這些我都沒跟水澤說過。

也就是說，水澤剛才說的那些都僅僅是臆測──換個方式來講，他只是在虛張聲勢罷了。

「如今他是真的想成為職業玩家，但在這方面還不是很熟練，初出茅廬而已。接下來他會把器材準備好，開始頻繁活動，創造影響力，希望未來能夠替他的事業鋪路。」

「是有這回事，這類消息我也有聽說。」

足輕先生在這時點頭回應。

看到對方有反應了，水澤馬上接話：

「接下來要說的才是重點——」

他看上去很有自信的樣子，還拍拍我的肩膀。

「遠藤先生，你要不要試著投資 nanashi 未來的影響力？」

就在這個時候，我終於看懂水澤想做什麼。

「先來說說他在玩的遊戲『AttaFami』系列。那遊戲在日本坐擁最多的玩家，是很受歡迎的遊戲。在這個遊戲裡，他可是擁有線上對戰全日本第一的戰績，而且一直都是衛冕者。總體來說，從某方面來看當他是日本第一的玩家也不為過。」

「這些事蹟早就有所耳聞……但照這樣聽來，或許他比想像中更加厲害呢。」

這裡面有部分是事實，同時也是在虛張聲勢，處處經過潤飾，水澤藉此組裝出一套理論。遠藤先生或許也感受到了，認為那不單只是高中生在隨口胡謅。他的表情開始變得認真起來，想要等著看水澤接下來會怎麼說。

「可是人生這場遊戲並沒有那麼容易。」

水澤話說到這聳聳肩膀，眉頭還皺了一下。

「如果要成為職業玩家，那一方面也是在賣你的人氣，不是只要很會玩遊戲就好了，還要有別的附加價值。」

「確實是那樣。」

足輕先生點頭回應。

「不管是外觀、經歷還是年齡，各方面的要素都會加總起來受到評判，這些會決定你是否能紅。」

「嗯，我也那麼覺得。」

就連遠藤先生都在點頭稱是。

「若是很會玩遊戲卻不善言辭，舉手投足跟呈現出來的樣貌很土氣，那樣的人不管多強，到頭來都無法聚集人氣。」

在這之後，水澤的目光放到我身上。

「可是換成nanashi——不覺得他有機會通過考驗嗎？」

聽到水澤那麼說，遠藤先生又點頭了。足輕先生則是換用感佩的目光觀望這一切。

「我懂你的意思了……的確，他的角色特性很鮮明。」

遠藤先生一說完，水澤就抬起手指指著他。

「沒錯，鬼正！」

「喔！布因出現了。」

只見足輕先生在回話時顯得很愉快。這是怎樣？我還是第一次看到日南跟我以外的人用「鬼正」這個字眼，然後只說一次「鬼正」就說進對方心坎裡，這也是我第一次目睹啊。這空間裡的互動度實在太高了。

緊接著水澤彷彿在介紹讓他自豪的商品，將手放在我前方示意。

「他是日本這邊排名第一的『AttaFami』玩家，而且說話得體，外觀上非常有流行感——最重要的是，現在還是高中生。濃縮成一句話就變成『他是帥哥高中生兼AttaFami頂尖玩家。還能言善道！』。拿來當宣傳標語簡直無可挑剔！」

「哈哈哈！真的是耶。」

此時足輕先生大笑出聲。不要隨便在別人身上加那種宣傳標語啦。

可是之前在網聚上談到這方面的事情時，我曾經那麼想過。

我玩遊戲原本就頗具實力，再加上從日南那邊學到的技能，身上屬性好像變超多。

「話都說到這個份上了，你們應該已經聽出玄機了吧。」

看樣子正說到興頭上，水澤說著開始產生一種節奏。

表情上洋溢著熱度和自信，逐步帶動現場的氣氛。

「如果我透過 nanashi 的社群帳號宣傳遠藤先生製作的遊戲，會產生很大的宣傳效果。」

「……原來如此。」

這段對談的範疇早就超越高中生慶生會了，已經演變成商業談判或脣槍舌戰之類的。

只見遠藤先生頻頻點頭，有被說服的跡象。只是感覺上好像還差臨門一腳。

「文也，你應該有用 nanashi 的名義開過帳號吧？現在可以打開嗎？」

「咦？好、好啊。」

我打開智慧手機裡的應用程式，讓應用程式連到自己的帳號頁面上，接著才把手機交給水澤。

水澤將那樣東西拿給遠藤先生看。

「目前追蹤的人大概一萬多一點，不過……我想想。」

這時水澤朝我這邊看了一眼，奇怪的是有那麼一瞬間，他還跟我對看，之後一下子就把目光轉開了。

「首先——再過三個月，我會讓追蹤人數增加兩倍。」

咦!?——我差點發出驚呼，但水澤趁機輕輕捶了我的腿一下，我好不容易才忍住不出聲。唔，他是要我配合他的說辭演出吧。

「……對，我們會辦到的。」

「是這樣啊，這倒是很吸引人呢。」

在那之後，水澤對我露出令人懼怕的虛偽笑容，接著他臉上的笑容又變得柔和起來，這次換看遠藤先生和足輕先生。

「所以說，我們的詳細提案內容如下——到時候會花半年的時間，透過 **nanashi** 的帳號來替遠藤先生製作的遊戲做宣傳。代價是幫我們製作這次需要的遊戲。至於後續還有沒有要繼續簽約，到時候再來談。」

做出結論的水澤悄悄交出握在手裡的主導權，還到對方手中。

「要說的就是這些，不知您意下如何？」

＊　＊　＊

「今天很謝謝你們。」

此時我們來到咖啡廳前方。事情已經談完了，帳也結好了，我們五個人就待在店鋪前面。話說人是我們邀來的，原以為這次消費都算我們的，足輕先生卻說「我去上一下廁所」，之後就離席了，沒想到他是偷偷跑去結帳。大人做事情就是這麼狡猾。

「那麼 **nanashi** 同學，等到遊戲製作完成，接下來這半年再麻煩你。」

「好，也請你多多指教！之後我會傳遊戲的詳細需求給你。」

於是我們就將剛才談好的交易內容再對一遍。

「不是還要讓追蹤人數提升兩倍嗎？」

「你這傢伙……」

眼見水澤出面煽動，我不服氣地瞪他，足輕先生和遠藤先生卻愉快地笑了。

當水澤發表完那場盛大演說，遠藤先生似乎對他的提案很感興趣，之後我們會花半年宣傳遠藤先生做出來的作品，他則會提供一套原創遊戲給我們，這樁案子就此順利談妥。只是因情勢所逼，我被迫要讓更多人來追蹤我，但是要成為職業玩家得先鍍金，這我早就心裡有數，乾脆換個角度想，把它當成來得巧的機運好了。

「話說回來，水澤同學，你很厲害呢。剛才那場波濤洶湧的演說讓人以為是在看大人做商業演示。」

此時足輕先生用愉快的語氣補上這段話。

「哪裡哪裡，我只是比較擅長鋪陳罷了。」

只見水澤笑得有點飄忽，說話語氣透著一絲落寞。

這種事水澤平常確實都做得得心應手，只不過——剛才那句「擅長鋪陳」聽起來像是在用冰冷的方式暗諷。

很像他在自嘲，覺得自己依然無法跳脫所謂的「形式」。

「現在才高中二年級卻有那樣的表現，算是不得了。之後有機會都想找你一起共事了。」

「哈哈哈。若是有那個機會，到時再請你多多指教。」

跟平常一樣的笑容，加上一如往常的調性，水澤說這番話有如在對那些客套話見招拆招——

「不用等以後了。」

足輕先生在這時主動上前一步。

「……什麼？」

他將手伸進口袋裡，拿出黑色的名片盒。接著從中取出一張四角形的紙片，把紙片交給水澤。

「這個是我的名片。假如幾年後——或是說你大學畢業了，到時還沒找到想做的工作，你隨時都可以聯絡我。」

「……！」

這讓水澤用驚訝的表情望著足輕先生，一雙眼在他跟收到的名片間看來看去。最後他突然低下頭，瀏海把他的眼睛遮住，讓人看不清。

「我明白了。」

在這之後，我只看見水澤微微地笑了一下，像是在回味什麼似的。

「那先這樣，我家在這邊。」

「我等一下也得去跟人談其他的案子。」

足輕先生說完這句話就走掉了，遠藤先生則是搭上計程車離去。剛才那場商談出了不少狀況，都是我不熟悉的，搞得我們三人疲憊不堪，咖啡廳前就剩我們幾個。

「……大家辛苦了，感覺今天好充實喔。」

此時菊池同學用比較放鬆的語氣說了這番話，她的背好像比平常更彎了。不過她也算萬綠叢中一點紅，剛才那場對談又像大人間的商業談判，她徹底淪為旁觀者。就連我都變成某種商業談判籌碼了，她的心情，我很能體會。

總而言之。

「幸好有水澤在，這次的事情才能圓滿落幕。謝謝你。」

當我說出真心話，水澤半邊的眉毛便跟著挑起——

「不用客氣。但那也要文也夠優秀才有機會談成，你應該更引以為傲才對。」

「好、好吧……是這樣啊……喔。」

被人誇獎害我莫名害羞起來，說話變得結結巴巴的，接著水澤用沉著的語氣續言，嘴裡說著「吶，文也」。

「……嗯？」

「我突然想到一件事。」

「什麼事啦？」

聽到我回問，水澤像是在肯定我這個人，看我的眼神很直率。

「你要為某種東西做宣傳，並要求對方提供你想要的東西。這簡直——」

水澤說到這邊豎起手指指著我。

這跟那傢伙做過的某個動作很像，最近越來越沒機會看到。

「這簡直——跟職業玩家在做的事一樣？」

「……啊。」

他這話一出，才讓我驚覺事情確實是那樣。

拿出自己的影響力，用這個來做買賣，跟金主簽約。

簽約期間替對方做宣傳，相對的可以拿取自己需要的東西，例如金錢或實質性的東西等等。

除了足輕先生，其他許許多多的職業玩家都以這種型態從事商業活動，那最具代表性。

「……真的是那樣耶。」

就在這一刻，我感覺我的心情逐漸變得越來越澎湃。

跟日南一起在人生攻略中完成困難的課題，當下也會湧現類似的感受。

就是因為有這些在支撐，我才能夠向前邁進。我一直都是這麼想的。

「我……是不是在不知不覺間靠近自己的夢想了？」

帶領我接近夢想的不是別人，正是眼前這個可疑男子。

「對啊。」

水澤露出有如少年般的笑容。

接著他又開口說了些話，像是要對今日的收穫再度予以肯定。

「所以說，像這樣的工作。」

「嗯？」

「也許是你的天職？」

「喔……聽你這麼說，我很開心喔。」

我覺得我心中也出現自信了，同時決定將自己的真實感受說出口。緊接著不知為何，水澤他——

「不，還不只這樣。」

他看上去有點滿足，眼裡望著逐漸西下的夕陽，那景象與往常沒什麼不同。

「也許——這也是我的天職。」

＊　＊　＊

回程在電車上。我們三個人抓住吊環，在回顧今天發生過的事情。

「剩下的……就是等他幫我們做遊戲吧。」

「是啊。」

當我點頭，水澤也跟著點頭。

「總之，我能做的都做了。剩下的細部安排就交給文也。」

「咦，交給我？」

水澤這話讓我嚇一跳，但我想了一下馬上會意過來。

「可是……我懂了。是因為我對日南的事情最清楚吧。」

「是啊——」

「……好。」

我們兩人這一來一往的對話聽起來別具深意，但人際關係本來就是這麼一回事，能夠靠簡單的關係圖三言兩語道盡的關係並不存在，一定是那樣。

「若是有我能做的事情，文也同學儘管跟我說。」

「嗯……謝謝。」

想必菊池同學會有點嫉妒，同時帶有罪惡感，但她又想追尋真相。情感、贖罪心理和罪業全都混雜在一起，這樣的混沌心態全都出自某個人，進而使她產生迷惘。

「做到這種地步，應該能讓葵發自內心感到開心吧。」

「是啊……我也那麼覺得。」

水澤認為自己只能靠「表面功夫」過活，那讓他感到心虛，但某人把這種「表面功夫」做得更徹底，都已經超越他了，這才讓他發現其中的奧妙，最後那種心態轉變成好感、真實的情感，進而造就出矛盾心理。

「畢竟我們是最了解日南的人。」

除此之外——打從我出生，一直以來都是獨善其身，可是我著手改變自己、改變看世界的角度後，卻將某個不是女友的人看得很特別，認為她是獨一無二的存在，那樣虛偽。

或許我們心中都有小小的迷惘、矛盾，或是有些虛偽，有的時候還會裝作沒看見，但依然逐步向前邁進。

我想這才是人類最真實的樣貌。

「──!?」

「哎呀，風香危險。」

此時電車突然停止，害菊池同學一時間重心不穩，整個人倒向水澤。這種時候的水澤很懂得應對，將菊池同學紮紮實實抱住，直到她站穩之前都撐著她。

「謝、謝謝你。」

「別客氣。沒受傷吧？」

看到菊池同學抬頭看水澤，我不由得──

「喂、喂喂！水澤！」

「嗯？文也你怎麼啦？」

我當下衝動地開口，這動作是下意識的。

「是、是的。」

「你、你這是在幹麼？」

「在幹麼……她剛才那樣很危險啊。」

聽水澤這麼一說，我才回過神。

假如剛才水澤沒有抱住菊池同學，她可能早就跌倒了。我很看重的人受到保護，這種時候我反而是該——

「不……你說得對。」

接著我壓抑心中的情感，在理智的支撐下說完那些話。

「抱歉……還有我要跟你說聲謝謝。」

「這是怎麼啦？別客氣啦——」

只見水澤臉上掛著苦笑，用揶揄的目光看我。

「哈哈哈，還是第一次看到文也露出這種表情。」

「少、少囉嗦。」

會不由得做出這種微妙行為，無法給予合理解釋，是不是也是人類的本色……事、事情就是這樣，剛才多有冒犯，還請多多包涵。

＊　＊　＊

我和菊池同學在大宮那邊和水澤道別，我都想好了，這次也要將菊池同學送回家門前。水澤說他有點事情要辦，人跑去大宮的咖啡廳，之後我跟菊池同學就兩人一起搭上電車。

接著兩人一同走上北朝霞車站前方那條路。

「是說這次的案子還真的有眉目，太好了……也謝謝菊池同學幫忙。」

「不，做完這些事情，我的心情會比較輕鬆一點……只不過，我的動機還是很不純。」

「沒那回事。」

身為創作者，菊池同學突破日南原本可以容忍的範圍，去探究她的隱私。如今回想起來，之前在演話劇時，菊池同學有讓日南說了一些臺詞，恐怕那也刺傷日南了。

「再說……妳跟水澤的關係也變好了……所以——算是好事一樁。」

嘴裡一面說著，剛才的感受重回心頭，害我心情上變得有點微妙。不不，即便如此他們還是拉近距離了，值得慶幸的事就該慶幸才對，嗯。

在這之後，不知為何菊池同學用詫異的眼神望著我。

「咦，怎、怎麼了？」

「文也同學……難道你——」

她一直看著我，像是在觀察，那雙眼睛還捕捉到我的弱點。

「……難道你在嫉妒？」

「什麼……!?沒、沒有，怎麼可能有那種……」

我正想逞強，當下卻突然想到一件事，覺得太在意自己的外在形象並不是好事，最終還是決定拿下假面具，不再逞強。

「不對……那都是騙人的。」

再過來我便豁出去了，決定把話全講白。

「其實我很嫉妒。」

這話一出口，頓時間菊池同學的肩膀抖了一下，而後輕輕地笑了。

「太好了。原來文也同學……也會嫉妒。」

「沒啦，我好歹也是人啊……」

不知道為什麼，菊池同學笑得很滿足。

「呵呵，自從我們開始交往，這好像還是文也同學第一次為我感到嫉妒，我好開心。」

「在、在說什麼……」講歸講，我還是約略想了一下。「其、其實不是第一次……」

接著菊池同學便開始「呵呵」笑，那模樣有點像小惡魔。

「原來是這樣啊？但我都沒發現。」

看菊池同學說話的樣子，心情似乎真的很好。

「拜託妳別那麼開心……我可是很難受。」

「你很難受嗎？」

「對啊——對象是水澤，壓力就更大了。」

聽我那麼說，菊池同學一臉不解的樣子。

「為什麼是水澤同學？」

「那、那是因為……水澤可是那種人。」

我話說得很抽象，這讓菊池同學更納悶了，連頭都跟著歪向一旁。

「意識是水澤同學不值得信賴？」

「啊啊不對……我不是那個意思。」

「嗯？」

「反而是因為他很值得信賴，所以才會……」

「因為值得信賴才會那樣？」

我點點頭。只不過，若是沒有人拿出來問我，確實連我自己都不清楚那份感受。

「不管是水澤……還是菊池同學，我覺得你們都是很有魅力的人。兩人之間沒有太大的落差，就算互相吸引都不奇怪──」

菊池同學再次出現錯愕的反應，接著她便「呵呵」笑。

「……原來你是這樣看水澤同學跟我的啊？」

「……算是吧。」

我將臉轉向旁邊，害羞地搔搔頭。做的動作一看就超像漫畫角色。

緊接著下一刻。

菊池同學用手指抓住我的袖口。

「──沒關係的。」

她說完將我溫柔地拉過去。

用她的雙唇觸碰我的嘴。

「!?」

那只是輕輕碰了一下，破壞力卻大到足以將剛才那些對話都吹到九霄雲外。

「我喜歡的——就只有文也同學一個人。」

從前我跟菊池同學說過類似的話，如今菊池同學再把那句話還回來。

「嗯、嗯嗯……我也是。」

我整個人魂都飛了，光只是用弱弱的語氣表達認同就費盡心力。咦？是不是從剛才開始，主導權就掌握在別人手上？

一陣子後，我們兩人終於來到菊池同學的家門前。

「今天很謝謝你。讓我看見不一樣的世界，我很高興。」

「嗯，我也是，謝謝妳特地過來。」

只見菊池同學點點頭，將門上的鎖打開，手還放在門板上。

「晚安。」

「嗯，晚安。」

事後我跟菊池同學道別，一個人走上通往北朝霞車站的路，準備回家去。

＊　＊　＊

——沒想到。

「所以……你有什麼事？」

送菊池同學回家後，過了幾十分鐘。

我為了換乘來到大宮的埼京線車站，不知為何卻碰到水澤。

「哈哈哈，警覺性不用那麼強啦。」

「你現在才要跟我私底下談談……是人都會警戒吧。」

「剛才有個男人要送女朋友回家，我總不能挽留嘛。」

「那我還要謝謝你的體諒喔。」

在我用很酸的語氣說完後，水澤開始呵呵笑。

「其實——這些話什麼時候說都行。只是事情都已經敲定了，我就想先跟文也說一聲。」

「有話對我說……想講什麼？」

回問對方時，我似乎已經隱約察覺水澤想說什麼了。

「我想——趁這次出遊再跟葵告白一次。」

「……是喔。」

「哦？你似乎沒預料中那麼驚訝嘛。」

我並非具體猜到他想說的，只不過——

「那是因為我早就想到了，如果是水澤，肯定會做些出人意表的事情。也就是說都在我意料之中啦。」

「哈哈哈，原來你已經猜到了？」

水澤話說到這突然露出寂寞的笑容。

「我是很想告白，但從暑假開始就沒什麼進展，我也沒太大把握啦。」

這時他突然想到別的事情。

「這陣子大家不是有談過嗎？說很少看到她那麼疲憊。」

「是啊。」

「按照你的話聽來，我看原因八成就出在你身上吧？」

「沒那回事……」

我正打算否認，水澤卻目不轉睛地望著我說：

「你覺得不是？」

這話很簡短，卻強而有力，再加上那銳利的目光，害我無法繼續說下去。

他說得沒錯。自從日南開始戴上假面具後，最接近日南真實自我的人恐怕就是我。

於是我將剛才那些話都收進內心深處，再度開口。

「不……其實我之前就有想過，覺得有可能是那樣。」

「看吧。」

緊接著水澤又用強而有力且好戰的目光盯著我。

「這樣講不太好。但我覺得那是一個機會。」

「……機會？」

「她戴了那麼厚的假面具，就算我厚臉皮介入，她還是會將我介入的部分扭轉過來，就像在施魔法一樣，然後自己逃得遠遠的，逃到某個地方去——這樣的葵如今看來似乎變弱了。」

水澤說完，玩世不恭地挑起單側眉毛。

「這樣的機會不多吧？」

「這算什麼，好狡猾。」

「哈哈哈，沒關係啦。反正我這個男人基本上就是那麼狡猾。」

話說到這邊，水澤再次斂去笑容——

「只是我所謂的『好機會』，指的並不是那個。」

——他接著扯嘴笑了一下，看起來帶有挑釁意味。

「——如果我要追葵，會碰到『最大的敵手』，那個敵人現在已經跟別的女孩子走在一起了。」

「！」

這個人指的是誰，用不著說也知道。

「其實我不曾對任何事物特別固執，覺得人生就是得過且過順其自然。」

這話聽起來像在宣告，又像是在跟人宣戰。

「如果遇到想要的東西，我就要盡全力伸手奪取。所以說，文也。」

當對方叫我的名字時，聽起來莫名具有真實感。

「——我們要讓生日驚喜成功。」

4 無堅不摧的魔王級敵人就怕碰到治癒術

之後幾個禮拜過去。今天是三月十九日星期六。也是日南葵的生日——更是出遊日。

水澤對我說過的話一直在腦海中盤旋。

『我想——趁這次出遊再跟葵告白一次。』

那對我來說並不是壞消息。

因為我已經在跟菊池同學交往了，水澤這個人也很值得信賴。說他在同性之間最得我信任也不為過。

倘若真如水澤所說，趁日南變弱順利告白成功，然後他們兩人開始交往，我不會有任何意見，甚至還很樂見。

「可是……怎麼會有這種感覺……？」

我想那應該不是嫉妒。也不是愛戀。

只不過，奇怪的是一想到日南葵可能會跟某個人變成男女朋友，我就覺得心情複雜。

「好難喔……這就是人生……」

還來不及為這種心態命名，我就要來為出門做準備了。

我在包包裡裝進最低限度的替換衣物，還有可以跟大家一起玩的桌上型遊戲。

再加上一臺觸控式筆電──裡面裝了前天足輕先生送來的檔案。

這是用來給日南驚喜的生日禮物。但不是都委託足輕先生就完事了，裡面還加上我們的巧思，加起來就變成為那傢伙專門製作的原創遊戲。

我想這應該能讓日南開心。之前我們無法觸碰那傢伙的某些心靈區塊，也許這次有機會觸碰到。我希望這能成為一個契機，幫我重新審視自己跟日南的關係。

這麼說來，我該做的必定不是單方面強迫對方接受某些事物，或是去刺探──而是該與她對談吧。

桌子上放著昨天打開就沒有再闔上的筆記本。我看著那樣東西，去確認上面寫的文字。

那是我給自己加諸的「課題」，要在這場旅行中完成。

『我想找日南私底下聊一聊，講些真話。』

接著我去確認一星期前對日南發過訊息的聊天室。我有送訊息給她，上面寫著

『下禮拜出遊，想找機會跟妳私下聊聊。』畫面上只留下已讀字樣。

雖然對方沒有回訊，但「已讀」已經出現了。她並沒有封鎖我。這樣是不是還有希望？

「我出門了。」

假日我家很安靜，其他人都還沒起床，我跟大家輕聲道別完就朝著車站走去。

＊　＊　＊

一來到北與野車站前，我就想起暑假外宿的事情。

那個時候好像是來這和深實實會合，一起前往集合地點。

當時我們對彼此都很信賴，把對方當成朋友或戰友，但沒有涉及男女之情。所以能兩人同行。

深實實對我道過謝，還說我像大英雄，這才讓我明白積極面對人生原來是這麼開心的一件事。

那時我們兩人之間的距離和心靈距離應該都已經拉近了，如今卻分頭前往大宮。

『前往大宮的區間車即將進站。』

在這邊住了好幾年，那是已經聽到耳熟能詳的車站廣播聲，我聽了立刻跑去搭車。

一年前還是獨自一人上學，一個人跑去買電玩遊戲，一個人前往遊樂中心，這列電車的用途對我來說就只有那樣。但不知不覺間已經變成搭著電車和日南一起去買衣服，在日南的帶領下，和其他成員一起去買東西，多虧那傢伙，我不再獨處的時間變多了。

然後漸漸的，就算少了日南，我也會搭電車去做各式各樣的事情，好比和菊池同學約會，或是去水澤待的打工地點。

望著在窗外一晃而過的埼玉街景，我在心中緬懷逝去的時光。

「這些景色都沒變啊。」

電車差不多要開動了，上面沒什麼乘客，我用小到不成聲的音量如此呢喃。

不管是那些街景、照射下來的陽光，還是電車的晃動方式。

這一切都如同往昔。

可是我眼中看見的景色已經全然不同了。這樣想來，改變的人是我才對。

而讓我產生改變的契機——自然就是日南。

最後電車總算抵達大宮。離開電車的我走出埼京線月臺，爬上階梯，前往一、二號線月臺。

在月臺上的四號車停靠點旁有張椅子，我所選擇的女孩子就坐在那裡。

「……早上好。」

「嗯，早安。」

接著我就在車站的月臺上和菊池同學會合，兩人一同搭上前往品川車站的電車。

＊ ＊ ＊

「話說……妳穿制服？」

「啊，是的。」

在京濱東北線的電車上。今天明明是假日，而且接下來大家要一起去ＵＳＪ，不知為何菊池同學卻穿著關友高中的制服過來。

「其實……我跟其他的女孩子們商量過，她們說想要辦制服限定趴！」

「是喔！」

菊池同學說話的語氣顯得很興奮，我則用開朗的聲調回應。

所謂的制服限定趴就如字面所示，要穿著制服前往ＵＳＪ，那是現充國的用語。就是在 Instagram 或抖音之類的地方，有一些看起來很閃亮的女高中生會將她們過得很充實的樣子上傳到上面。菊池同學會說出那麼閃亮的字眼實在很新奇，渾身上下散發時下女高中生感的菊池同學也很棒呢。

「我……還是第一次做這種事情，覺得好期待！」

菊池同學在說話時，語氣難得這麼明亮、充滿熱情，我看了露出笑容。

「啊哈哈，我已經強烈感受到了。」

這讓菊池同學突然間驚醒，還變得很害羞，臉都紅了。

「真、真的嗎？」

「嗯，看妳好像真的很開心，這樣我就放心了。」

「呵呵，我真的好興奮喔。文也同學呢，你有什麼感覺啊？」

被菊池同學這麼一問——

「我也很期待。畢竟這是我第一次跟朋友一起去遊樂園……」

「說、說得也是！我也一樣！」

總覺得我們兩個都好邊緣喔，但是菊池同學看起來那麼開心，就別計較啦。

「嗯，還有就是——」

我在隱瞞自己有點害羞的事實。

「跟女朋友一起去旅行，這也是第一次……那也讓我、很期待。」

「啊……」

聽到自己說出這種話，我開始覺得自己好可恥，接著又說「啊沒有啦，隨便說說的。」想要顧左右而言他。我好弱。

「文也同學！」

「嗯？」

比起天使或妖精，她笑起來的樣子更像一個天真無邪的女孩子。

「──我們一定要開開心心的！」

「嗯……沒錯！」

菊池同學的表情好耀眼，被照耀的我也跟著綻放笑容。

我的目標。還有水澤的宣言。假如這些全都有確實付諸實行。

那麼在這場旅行之中，我們之間的關係應該會出現某些變化吧。

所以說，接下來這段時間，我要好好樂一樂。

我都想好了。

＊　＊　＊

接下來過了大約一小時。

我們來到品川車站的新幹線驗票處。

在集合地點那裡，日南、水澤、中村和小玉玉已經先到了。是說日南和小玉玉還真的穿制服過來，但她們的制服都穿得較隨興些。這樣才像在搞制服限定吧。雖然男生都穿便服就是了。

「啊！友崎同學他們來了！」

此時有人用輕快的語氣呼喚我的名字，那個人就是日南。

「早安……超想睡的。」

我嘴裡嘟囔著，那些話並非特別針對誰說。

「早啊，是不是太期待才沒睡好？」

「……算是吧。」

日南還是那個樣子，在跟我對應的時候，從頭到尾都戴著假面具，我只對她做出簡短的回應。這種陰暗的調性可能會讓其他人覺得有點怪怪的。但即便如此，我在跟日南對應時，依然提不起勁做表面功夫。

接著我看看周遭，再度開口時，轉移話題的意味濃厚。

「呃——那再來就剩深實實、泉和竹井吧。」

這幾人的名字一出口，那區隔性就一目了然了。因為那三人給人感覺是早上很容易賴床的類型。嚴格說來，竹井若是期待到早早起床，然後最早過來，這也說得通，但看樣子他這次是睡過頭的那個。

「說到這個，文也。要找竹井的話，你可以看那邊。」

「咦？」

這時水澤用愉快的語調接話，還指著通往新幹線搭乘處的驗票口。結果我看見隔著驗票口朝這邊張望的竹井，他還一臉快哭出來的樣子。而且在我們這些男孩子中，不知為何竹井是唯一一個穿制服的人。原來他也想玩制服限定喔。

「唔喔喔喔喔～～～！別讓我一個人待在這啦～～～～～！」

「大家到齊就會過去，都叫你在那邊乖乖等了。」

這時中村出面回應，臉還很臭。

一旁的水澤呵呵笑。

「他好像太過期待，變成第一個到的，然後又因為太期待，一不小心就通過新幹線的驗票口。」

「這下我放心了。」

「放心？」

這樣的發展非常合理。

「這樣才符合我對竹井的觀感。」

「啊？」

「讓你們久等了～～～～～！」

就在這時，深實實和泉幾乎是同時抵達。看了時鐘才發現剛好來到早上六點，如果是以分為單位，她們有趕上，以秒為單位則是遲到收場。真像她們兩個會做的事。

「很好，所有人都到齊了。你們大家買好飲料了嗎？」

接著又有人出聲，那個活像領隊的人就是日南。

「來的路上有在便利商店買過了～！」

當深實實做出回應，其他的成員也跟著點點頭。

「好！那我們走吧！」

用開朗的語調說完後，日南率先邁開步伐，緊接著我們其他人也通過新幹線的驗票口。

「喔喔～～～～！我好寂寞喔～～～～!!各位——————!!」

我們的旅程才剛展開不到一分鐘，竹井那大喊的樣子卻像是跟人感動相會一樣。除了把他當空氣，我們大家還跨步走上新幹線搭乘處。

＊　＊　＊

「噢，就是這一帶吧。」

看著車票上的座位號碼，水澤如此說道。我們來這之前就已經拿到票券了，現在要搭乘新幹線前往大阪，把行李放在旅館裡，接著直接前往ＵＳＪ。

「吶吶！位子要怎麼坐啊!?」

此時泉用雀躍的語氣提問。

「啊——雖然車票上有寫，但只要對滿九個位子就好，大家可以隨意坐。」

「也、也對呢……！」

菊池同學難得主動回應，的確，我能理解她那麼做的動機是什麼。

是說這次的座位是我們一口氣先買好，然後一次性領取票券，早上才發給大家，並沒有特別去分誰旁邊要坐誰。也就是說如果按照拿到的編號來坐，菊池同學會坐到離我很遠的地方，那樣感覺不是很好，而且小玉玉旁邊的位子還有可能被竹井占據。無論如何都要避免這種事情發生。

但我想起先前對自己出的功課、立下的目標。

這次的旅程還很長。這也是能跟日南私下對談的第一個大好機會不是嗎？當然說的話大家都會聽見，也不曉得我們能夠談多深。只不過，還要再過兩小時才會抵達大阪，還是有可能出現一些進展。

「呃——我們的座位是幾號到幾號？」

於是我決定誘導話題，試著提議。

「是8D和9到12的D跟E。」

確認完座位後，我們找到四排並列的雙人座位，和最前方的單人座位，看來只有最前面那個座位是一人座。

「既然這樣，我們就別去管手上的號碼，自己挑座位自由座吧。」

我這話才剛說完，菊池同學臉上就寫著「得救了！」用力點點頭說「好啊！我們就那樣坐吧！」聽到她如此回應，我心中頓時產生迷惘。嗯，這種時候我應該率先邀請菊池同學，讓她坐到我旁邊吧。

沒想到——

「那風香！妳跟我一起坐吧～！」

有人出面指名菊池同學，是泉。

「我、我嗎？」

「嗯！不好嗎？」

「怎、怎麼會！我、我過去坐吧！」

「太好了——！啊，妳想靠窗嗎？」

於是她們兩個馬上就近挑位子坐下。有那麼一瞬間，我還在納悶這是什麼情形——但想了一下，我似乎找到答案了。

大概是泉在替菊池同學著想吧。

如果我在這種時候搶先說「那菊池同學坐我旁邊」，這就沒什麼好擔憂的了，可是稍有遲疑，或是優先挑選別的搭檔，菊池同學將有可能遭到孤立。泉是想到這種可能性，才會先出聲吧。我是很感謝她啦，但反過來說也等同不信賴我，她覺得我不會去顧慮菊池同學。我好可悲。

不過這樣我就不用擔心了。代表我要跟誰坐都行。

不料當下出現僵局。

我放眼環顧四周，看到深實實和小玉玉在互看，那動作很明顯。

仔細想想，女性成員有日南、深實實、小玉玉、泉和菊池同學共五個人。如今菊池同學跟泉已經坐在一起了，落單的就剩三個。

男生這邊有我、中村、水澤和竹井，總共四個。假如男生這邊自然而然分成兩組，其中一個女孩子就會落單。

今天的主要目的是替日南辦慶生宴，總不能讓日南落單吧。
這樣一來，接下來女生這邊再湊一對，多出來的女孩子就要一個人去旁邊坐——那接下來不管是誰要去邀請誰，都會變得有點難以啟齒。
我心想「既然這樣——」並萌生一個點子。
反正到頭來都會多出一個人，那為了跟日南說話，這種時候我就該主動邀約那傢伙——

「葵，來這坐吧。」
此時我耳邊傳來一道柔和的聲音，出現在這一刻一點都不突兀。
「喔～？這是怎麼了？孝弘。」
日南在回應時帶點挑釁意味，對方卻用從容不迫的笑容應付。
「妳還問，有什麼不對嗎？」
對。去邀請日南的就是水澤。
「……沒事，沒有啊？」
「那就多多指教啦。妳可以坐靠窗的位子。晚點給我拍張照就好。」
「啊哈哈。你人還真好～」
眼見事態如此發展，我跟菊池同學都有點驚訝。還有泉八成對這種事很敏感，就連她都震驚地彈起，開始注視那兩個人。她原本就對戀愛話題非常感興趣，也許已經察覺水澤的心意了。或單純只是愛過度解讀、愛湊熱鬧。

反正這次的旅行本來就是要用來替日南慶生，「不能讓主角日南落單」是一大前提，水澤那麼做也不算太突兀吧。只不過——

『我啊——想要在這次的旅程中重新向葵告白一次。』

那天夜裡在大宮聽過的話重回腦海。

既然我已經聽過那句話了，如今水澤的行為看在我眼裡，就不是為了避免日南落單——

就在這一刻，我突然驚覺。

我要自己立下目標。於這趟旅程中私下找日南聊些真心話。

然而水澤也想在旅程之中和對方拉近距離，去跟日南告白。

是說我也很想替水澤加油，所以水澤積極去找日南說話是件好事，不過……那也代表我跟日南說話的機會將隨之減少。反過來看就是這樣。

換句話說，接下來的兩天一夜之旅。我最大的對手是——

「葵，那個針織衫是今年的新作？」

「喔——！真不愧是孝弘，連這種小細節都注意到了。」

——最強大的敵人，正是用巧妙手法將日南劫走的那個男人。

「……真的假的。」

出現太過強大的敵手，害我一個頭兩個大。跟我站在同一陣線時，他是強力的夥伴，可是變成敵人之後，難度未免一下子提升太多了吧。有沒有什麼好法子，可以讓我們攜手合作。

「那……」

就在這時，一道低沉又不爽的聲音不經意傳入耳中。我的思維開始回歸現實面，試圖掌握眼下狀況。出聲的人正是中村。

這一看才發現深實實和小玉玉已經到位子上坐好了，那模樣活像在說「我們兩個當然要在一起……」再來就只剩下我、中村和竹井這三人。也就是說在我們之中，有人要單獨坐一個位子。沒差，都到這個地步了，眼下暫時落單也無所謂，沒什麼好訝異的，有人可以陪我說說話單純只是為旅途增添樂趣罷了，可能會吧。

接下來——就看中村的了。

「……友崎，來這坐吧。」

「喔、喔喔。」

都被人點名了，我只好乖乖去中村旁邊坐下。呃……這下子——

「修、修二～～？」

在竹井發出悲慘叫聲的同時，我也能就此判別在中村心中的「想坐他旁邊排行榜」上，我起碼還是贏過竹井的。

＊　＊　＊

新幹線開始行駛，開了幾分鐘後。

「……」

「……」

我跟中村一直是無話可說的狀態。

喂，先指名我的人可是你，別把氣氛弄得那麼僵啦——本人是很想這樣抱怨一番，但我自己也找不到話題聊，沒資格說人家。我跟中村的確沒什麼共同話題，如果突然要我們兩個人聊天，我也很難想到要聊什麼。畢竟中村跟我都喜歡展現真實自我，如果沒有想說的或是想問的，就不會特別開口。

「——對啊～！」

就在這時，前排座位的說話聲傳入耳中。剛才在選座位的時候，找好一起坐的人後，他們都隨意選鄰近的座位坐下，結果演變成深實實和小玉玉坐在我前方。話說我後面坐的是泉和菊池同學，深實實她們前面坐的是日南和水澤，然後最前排坐的是孤單的竹井。

接著我的注意力自然而然集中在某個點上，被吸引到前前排那裡。

——是水澤跟日南坐的位子。

「……」

我原本就沒在說話，如今保持沉默則是為了聽日南他們對談。感覺這樣很像在偷聽，可是水澤都放話說他要告白了，要我不去在意那兩個人的對話是不可能的。而且我又不是要聽他們兩人在個別空間的對談，這樣做並不算犯罪行為。綜上所述，那是合法的、合法的。

將自己的所作所為完美正當化後，我要自己靜下心，將注意力都放在水澤和日南身上。有個專有名詞叫做「雞尾酒效應」，就是集中注意力便能聽見對談的內容，照理說我應該能辦到。

『——對吧!?』

『～～～～～～～～～～～～～～是不是!?』

『…………真的是耶!?』

只不過竹井的位子正好在日南他們前方，當深實實和小玉玉對話到一半，他試圖插嘴的聲音實在太大了，害我只聽到他的聲音。這讓我皺起眉頭，嘴裡發出嘆息。

「你是怎樣……如果覺得不舒服可別吐在我身上喔。」

可能是我的表情太凝重了吧，導致中村為一些子虛烏有的事情懷疑我。

「沒有啦，我沒事……」

於是我早早放棄偷聽那兩人對話。

＊　＊　＊

「話說回來。」

自從新幹線發車後，已經過了數十分鐘。坐靠窗位子的中村用手撐著臉頰，窮極無聊地望著窗外景色，此時他無預警開口。順帶一提，中村都沒跟我商量就直接坐到靠窗的座位上，害我糊裡糊塗坐到另一側的位置上。是說我坐哪個位子都無所謂啦，但靠窗的位子基本上都會被當成比較好的座位，中村沒先跟我商量就直接把那個位子搶走，一想到我跟中村的關係頂多是這樣，心裡就不是很舒服。回程路上我也什麼都不說，直接去坐靠窗的座位好了。

「嗯？」

「你們準備什麼當驚喜？」

「啊——……」

面對這個問題，我偷瞄遠在三排之前的座位，那裡坐著日南。心裡想著「如果日南聽到就糟了——」但就跟剛才一樣，即便我把耳朵挖乾淨專心聽，還是聽不見他們在講什麼，那代表我們的談話聲也不會傳到那裡吧。

「其實也沒什麼……是跟遊戲有關的。」

「啊——果然是那樣。」

「為什麼說果然？」

被我這麼一問，中村臉上的表情沒什麼變化，嘴裡繼續說著。

「就那樣嘛，你好像對葵的私人愛好很清楚不是嗎？所以我們故意不跟你用一樣的。」

「故意不弄一樣的……」聽到對方這麼說，害我變得有點好奇。「那中村你們是弄什麼啊？」

「啊——我們喔……弄會讓人感動的那種？」

「感動？」

感到錯愕的我開口反問，中村卻沒有繼續透露更多。

「總之，基本上都是優鈴在弄的。那傢伙不是特別喜歡弄這種東西嗎？」

「的確是……感覺她會全心投入。」

她說過要為了之前外宿的事情報恩，照這句話聽來，她在這裡頭灌注的心意應該比一般人強上一倍。

是說我們也準備要送原創遊戲，算是精心準備的禮物，但搞不好泉在討日南歡心選拔賽中是一個強大的對手也說不定。

「不過你們好像也很賣力吧。尤其是孝弘。」

「咦？這個嘛……對、對啦。」

中村突然提到水澤的名字。都已經聽水澤那樣放話了，聽到那個字眼讓我很難回應。中村說這話有什麼用意。

「你特別提到水澤……是指——？」

我在回答時故意裝傻，這讓中村顯而易見地皺起眉頭。

「那傢伙不是很喜歡葵嗎？」

我聽到這話大吃一驚。連平常對這種事情很遲鈍的中村都注意到了，那代表水澤已經表現得非常明顯了吧。是說他還對菊池同學、足輕先生正面昭告，代表水澤也不打算隱瞞了吧。

「啊——……好像是喔。」

「哦？連你都注意到了？不錯嘛。」

「喔、喔喔。」

看中村說得那麼得意，我好不容易才擠出模糊的回應。你憑什麼說這種自以為敏銳的話啊，我是很想對他吐槽，可是坐在他旁邊代表我無處可逃，臂力強大的人勝算超大，於是我就將那句話吞回去。

「總之，這樣我會比較放心啦。」

「放心？」

沒想到中村會說出那種話，害我想關切一下。

「就覺得——那傢伙基本上好像對人沒什麼興趣。」

「啊——……」

是有一點這樣的感覺。像我之前跟紺野繪里香對戰後，他就覺得我是「有趣的傢伙」，我好像變成少女漫畫裡的女主角，讓他開始對我感興趣；但基本上水澤對周遭其他人是真的漠不關心，連我看了都不免有那種感覺。

說到水澤感興趣的人，好比是我或是日南，最近還加上足輕先生，都是一些對他而言比較「不普通」的人。

「像我之前因為家裡的事情鬧得不愉快，如果我不打算說出來，孝弘他從頭到尾都只會保持距離觀望，就這個意思啦。」

「也對，嗯。我懂。」

真要說起來，這跟我獨善其身的作風有點相似，就算別人遇到困難好了，只要沒跟水澤求助，他就不會主動涉及此事吧。對於這種事情，我則會覺得自己沒有「權利」干涉，兩者是有點不同啦。

「竹井他倒是過度熱切，會說『修二——！你可以來找我幫忙啊——！』。都沒有中間值喔。」

「哈哈哈，他們還真的恰恰相反。這就是所謂的冷靜與熱情嗎？」

所以從某個角度來看，也許負責平衡這個群體的人其實是中村也說不定。

「……可是看到他變成現在這樣，你為什麼會感到放心？」

那讓我很好奇，這才拿來問中村。

水澤會找我私下商量，說出沒辦法跟其他人說的心裡話，我跟他開始有這類互動了。

但其他人是怎麼看待水澤的，我卻不曉得。

此時中村稍微想了一下，臉並沒有轉過來面向我這邊，接著開口。

「那傢伙基本上算是滿無欲無求的吧，然後又很擅長出面當和事佬，但卻不太會把自己想做的事說出來對吧？」

「那倒也是，感覺他是懂得察言觀色的人。」

我才剛點完頭應和——

「所以他才會跟我那麼搭吧，我這個人滿看重自己的。」

「原來你有自覺喔……」

看來王還是有身為王的自覺。既然有自覺，拜託你稍微手下留情。

「只是他在面對葵的時候，看起來會變得比較積極一點，遇到事情都會搶著去做。」

他說的這些，我感同身受。

結束之前暑假的那場外宿後，那傢伙開始對自己只注重表面功夫和冷漠待人的事產生疑問，為了跳脫這樣的框架不停掙扎。

那些表現就連遲鈍的中村都感受到了——這表示水澤的行動正一一化為具體結

果顯示出來吧。

「最近孝弘配合我的次數越來越少，也比較會主張他想去哪邊玩，甚至偶爾還會說『我有事情想做』，臨時退出……像上禮拜天就是。」

「……上個禮拜天。」

禮拜天的水澤，我是很清楚他在做什麼啦，但最好還是不要提，那樣我的人身安全會比較有保障，於是就學水澤「哈哈哈」用假笑帶過。

當然中村並沒有注意到這件事，他充分活用坐在窗戶旁邊的特權，看著高速向後流動的景色，嘴角微微上揚。

「算了，雖然有的時候挺麻煩——但那傢伙現在過得更開心吧。」

＊　＊　＊

在我們搭乘新幹線搖搖晃晃坐了兩小時後，一行人抵達新大阪車站。

「小玉玉～！最近有沒有賺到錢錢啊～!?」

「大阪腔未免也學太快了！」

才剛離開新幹線的車廂，深實實就大聲用假關西腔說話，小玉玉負責吐槽。就算來到大阪，這樣的互動依然沒變，耳邊聽著那些對話，我們一行人在下車用的月臺上四處張望。

細看會發現那些景色算是很陌生，但是否跟埼玉、東京的景色有很大的不同？——倒也不是。不太有在看慣的日本地圖上大遷徙的感覺，但我們現在人確實來到大阪了。這種感覺真奇妙。

「好棒喔！上面真的寫著大阪！」

這時泉看著車站的看板，做出謎樣的感動反應，中村則吐槽說「當然是寫大阪啊」。

「我還是第一次來大阪呢。」

日南用有點興奮的語氣接話，水澤聽了做出回應。

「葵嗎？是喔——真意外。」

看到那兩個人在閒談會因此感到介意，這代表我反應過度？但之前都聽水澤那樣放話了，我覺得這也不能怪我。

此時就連走在比較後面一點的菊池同學也用感動的語氣說著：

「好、好棒喔。是大阪。」

「菊池同學是第一次來？」

「對、對啊。文也同學呢？」

「我以前好像有跟家人來過。」

「……好像？」

「嗯，印象中是讀幼稚園的時候，記憶還滿模糊的。所以這次來就跟第一次沒兩樣。」

「呵呵，那我們就一樣了呢。」

「啊哈哈，對啊。」

看來菊池同學很喜歡跟我有相同的初體驗，又多學會一件事。當我踩著緩慢的腳步走到一半，我發現只有我們兩個人落在大家後頭。

「啊，我們跟他們有點距離了。」

「真的。」

在這樣的情況下，我會覺得自己好像在跟菊池同學單獨旅行，心跳有點加速。雖然我們是跟大家一同出遊，我卻希望這段時光能夠盡量延長下去。這想法一不小心就冒出來了。

「唔喔～！小臂你看那個！真的是站在右邊耶!?」

眼下那些好氣氛被人應聲破壞，都怪竹井用他的大嗓門跟我們兩個說話。哈哈哈這個臭小子。竹井總是很不會挑時間。

「喔喔……？真的耶！還真的是那樣！」

只不過，當我順著竹井指的方向看過去，大家在電扶梯上立於右側的景象便隨之映入眼簾，害我也跟著喊叫。在東日本這邊，人們都是站左邊，到了西日本就換站右邊。看到那種不可思議的現象，我會變得有點興奮，這下跟竹井一樣感動了。搞得好像我跟他一樣低水準，真不甘心。但那真的很不可思議，沒辦法。

「很有趣對不對!?」

「對啊，為什麼會變成這樣呢……明明都在日本……」

跟竹井對話到一半，我突然間回過神，轉頭一看就發現菊池同學正面帶微笑看著那樣的我和竹井。幸好。

「阿弘——！接下來要怎麼辦？」

這時泉突然出面要水澤想辦法，一臉困擾的樣子，接著——

「大致上說來，我們已經訂好旅館了，從『無限遊樂城站』稍微走一下就到了……在我們入住之前，可以先把行李交給他們，就先去那邊吧。」

「了解——！那是不是跟去舞濱站很像？」

「對，沒錯沒錯。」

「ＯＫ！那我來查！」

看水澤點頭的樣子，有一半是在應付對方，接著泉努力用起智慧手機。看起來就像是水澤當參謀，泉負責執行這樣。

「這是東海道新幹線吧？還是主線！……咦!?從大阪車站坐十分鐘就到了!?那比去舞濱還方便！」

大概是很喜歡「迪士尼夢幻國度」，泉在做考量都以舞濱為基準，從市中心到ＵＳＪ那麼近害她大吃一驚。但我之前查到這個訊息時，確實也被嚇過。從大阪車站再搭五個站就能抵達ＵＳＪ。超方便的，如果是從大宮車站到舞濱，還要花一個小時左右，希望舞濱加加油。

「我看看——上面寫說可以去七號月臺！」

「原來如此……那七號月臺在……」

水澤邊說邊環顧四周。我知道了，這個時候該我上對吧。

「深實實！」

「軍師你怎麼啦！」

「七號月臺在哪邊？」

「咦!?我看看……應該是這邊！左邊！」

「謝啦，水澤，走右邊。」

「了解。」

「為什麼!?」

就像大家看到的這樣，我反過來利用深實實的路痴特性前往無限遊樂城站。話說走右邊果然是正確的路。不愧是深實實，可信度很高。

＊　＊　＊

「喔喔～～～！」

後來我們抵達無限遊樂城站。

才剛通過驗票口，一個模樣像恐龍的巨型看板就在那迎接我們，明明還不能進到ＵＳＪ的園區內，我的心卻開始興奮起來。現在還是早上，車站前面已經出現一堆觀光客，該說真不愧是關西最大的主題樂園？

「都已經近在眼前卻不能進去……太掃興了吧！」

迫不及待的深實實一臉懊惱的樣子。

是說我們大家都帶著大包包和行李箱移動，不方便直接去ＵＳＪ。於是我們要先前往旅館，去那邊放行李。

「我們住宿的地方，好像是優鈴妳訂的？」

被水澤那麼一問，優鈴點點頭。

「嗯，如果要在週末訂無限遊樂城附近的商務旅館，對我們來說價格太貴了……」

泉在說話的時候還看向遠方，深實實對她敬禮，嘴裡說著「這是很貼合現實的選擇，感謝相助！」。

後來我們走了大概十分鐘左右。

一行人抵達位在ＵＳＪ附近的旅館。

「哦！原來旅館是長這樣啊！」

小玉玉一說完，深實實就跟著點頭。這比較不像旅館，更接近樣式漂亮的集合式住宅，看起來應該是供外國人住宿用的青年旅社。

一樓有寬廣的共享空間，可以從那邊去往各自的住宿空間，那些房間的格局就像多人共用的宿舍。依照事前取得的公開情報來看，預約時表明這次有女孩子要過來慶生，來住宿的當天晚上就可以借用那個公共大廳。算是他們在地人的溫情條款吧。

「麻煩你們了！」

我們從入口進去，將大型行李交到櫃檯那邊。聽說已經預約四間房間，每間可以容納兩到三個人，我們總共有九個人，分房間的時候就變成男生兩間，各住兩個人，女生兩間，一間住兩個，一間三個人。

在分房間的時候，我們自然有把驚喜派對共商的方便性列入考量，於是就變成我跟水澤住一起，中村和竹井住一間，深實實配小玉，日南、菊池同學跟優鈴住一起。

我們在提交行李時，有根據房間劃分。男生先把行李交出去，跑到外面等待，一陣子後我聽見深實實發出開朗的呼喊。

「鏘鏘——！」

只見打開玻璃門出來的深實實戴著綠色帽子，泉則是戴上髮箍，上面黏了色彩繽紛的美式風格角色。她們好像是事先買好的。真是準備周到。

「說到ＵＳＪ，絕對不能漏了這個！」

「沒錯！」

泉這話一說完，深實實就表態贊同。

「對啊，好像非戴不可呢！」

「嗯——好是好……」

緊接著又有人出來，一個是語氣還滿雀躍的日南，另一個是表情看起來不怎麼情願的小玉玉。小玉玉戴的帽子和深實實成套，跟體型嬌小很像小動物的小玉玉非常契合。日南戴的帽子有別於那兩人，是紅色的，那是所謂的主角色。是說她本來就是這場旅行的主角。

就在這時，我的雙眼自然而然搜尋起某個女孩。

她們四個都戴了，那表示——

「……那個——戴這樣、有點不好意思。」

那種通透的嗓音可以幫助我找到想找的女孩。我朝著聲音出處看去，只見一位妖精戴著和泉成對的髮箍。

「啊啊……」

我發出近乎感嘆的呼喊，還跟臉紅的菊池同學對上眼。然後我們兩個人都變得很害羞，同時將目光轉開。

就在那個時候，我聽到旁邊有人忍不住噴笑。

「……搞什麼啊。」

是中村在笑，他那根本是在嘲笑，把我當笨蛋看。

「你們兩個是有多生澀啊。」

「……要你管。」

就算我們已經約會好幾次，可愛的東西還是很可愛呀。我還沒忘記這種感覺，應該要誇我才對吧。

「看起來……很適合妳。」

「謝、謝謝……」

「你們兩個，別在那邊放閃啦！」

被小玉玉出面警告的當下，我們一行人總算要啟程前往ＵＳＪ。

＊　＊　＊

「我們又站在這裡了！」

行李都放好了，做好萬全準備的我們回到無限遊樂城車站，這時深實實興高采烈地擺出一個姿勢。

「話說好厲害喔──感覺好像已經進到ＵＳＪ裡了。」

一面說著，日南開始朝四周張望。ＵＳＪ的入口從這裡走幾分鐘就到了，但才剛走一下下，著名電影中某隻大猩猩爬上高樓的擬似看板就出現在眼前，還有開設專門販售ＵＳＪ商品的專賣店，以及平常不太有機會看到的西式披薩店。不過像麥當勞或摩斯漢堡這種常見的連鎖餐飲店也有開在那邊，打造出世界地球村的氛圍。眼前那片街道，除了帶有國外好萊塢電影呈現出來的流行感，還結合時下電玩遊戲及動畫等元素，讓我們更加期待。

「怎麼辦!?是不是應該先去上廁所!?」

「不用，裡面又不是沒廁所。」

「啊！對喔！」

泉在為謎樣的事情瞎操心，中村則是冷靜吐槽，實在太會平衡了。

「各、各位，你們看那個！」

這時泉又用感動的語氣補上一句。當我們來到大門前，說到ＵＳＪ就不免讓人跟它畫上等號的某樣東西立刻映入眼簾。

在三月藍天和噴水池噴出的水花襯托下，有一顆緩慢旋轉的巨大地球模型。上面還被「UNLIMITED」這排文字圍繞，我看我八成已經透過圖片之類的看這樣東西好幾百次了，如今那個模型就聳立在眼前。

「喔喔～！就是這個！真正的地球！」

「那又不是真正的地球。」

竹井會錯意的方式還真是微妙又玄奧，於是我就先吐槽他了，其實我也有點感動。實際上看了會覺得真的好有立體感，又很有存在感，這魄力真不是蓋的。難怪有人會說它是真正的地球。

「對了，各位！來拍照吧——！」

「好棒喔！我很想在這邊拍照說！」

聽到深實實如此提議，泉一下子就附議了，於是我們一行人順勢站到那樣東西前方。我平常算是不太會萌生拍照念頭的人，但還是會想在這個地球模型前拍張照試試。就像是意圖達成知名遊戲成就的感覺。

「多謝幫忙！麻煩你了！」

緊接著深實實立刻活用她特有的溝通能力，一下子就找到願意替我們拍照的人，拍照活動得以順利進展。

「葵自然要站中間囉！」

「啊哈哈，好啦好啦。」

今天的主角被人推進定點，雖然臉上掛著苦笑，看起來卻很開心的樣子。

「來，說起司。」

「『鬼正！』」

就這樣，除了把日南拖下水，我們還待在靠近入場大門的巨大地球前，大家擠在一起拍照。就如深實實常說的，跟大家在一起是最美好的事情。人生帶給我的體悟，我在此深深感受到了。

＊　＊　＊

「麻煩你們了～！」

接著我們來到入場大門的櫃檯窗口，透過智慧手機展示事先預約好的門票編號，領取大家要用的門票。

除此之外——日南將會在此遇到第一個驚喜。

接過門票後，深實實拍拍日南的肩膀，朝櫃檯處開口。

「大姊姊！這女孩今天生日！」

「喔喔——！生日快樂～！」

「啊哈哈，謝謝。」

只見日南跟那個工作人員道謝，看起來有點困惑的樣子。

「今天要請這位壽星小姐將這樣東西貼在醒目的地方，再去逛遊樂園～」

在這之後，深實實獲得模樣像黃色勳章的貼紙，上面還寫著「生日快樂」的英文字樣。

「咦？」

「來，貼上去！」

對準日南的胸口，深實實動手將醒目的黃色貼紙貼上去。

沒錯。在ＵＳＪ這邊有一種貼紙，要說某人今天生日才會送給他，貼上這個東西似乎能在園區各處享受特別優待。

「啊——……原來是那樣。」

看樣子已經把來龍去脈搞清楚了，日南看似無奈地接受這份安排。她平常就因外貌姣好特別引人注目，那貼紙讓她身上又多了一樣注目要素。

「用這個好像有點丟人？」

日南正在做不合她本性的事，那就是做調皮的動作，大家看了都笑開懷。可是我、菊池同學和水澤這三人看到她那麼會演戲，心情難免會有點複雜吧。如果是日南能夠想像得到的表象化手段，根本無法打動她的心。

但我想到一半，深實實正好在那時對櫃檯的大姊姊開口。

「大姊姊！那個貼紙還能再多拿五個嗎⁉」

「來——！沒問題喔～！」

「咦？」

日南一時間沒看懂，包括我也一樣，還有周遭其他人，拿了五張貼紙的深實實將那些全都——

「好了——！這樣就零死角啦！」

她在日南的右肩、左肩和背上各貼一個，裙子上也貼了兩個。這貼法實在有夠顯眼的。

「這樣不管從哪個角度看都知道葵今天生日！完美！」

「我說深實實，需要做到這種地步？」

日南原本就穿著制服，還戴了顯眼的紅色帽子，現在又加上醒目的貼紙，算一算總共貼了六個，她活脫脫成了天底下最愛暢遊ＵＳＪ的人。跟平常的落差實在太大了，就連我都覺得有點逗趣。

任人擺布後，日南那德行從某方面來說甚至變得有點蠢，看著映照在櫃檯窗側小鏡子上的自己，她顯得有些不服氣，臉上還帶著苦笑。

「啊！祝您生日快樂～」

這時有人發動追加攻擊，剛才還在打掃的工作人員一看見日南身上那些貼紙，馬上對她送上祝福。

「啊哈哈，謝謝──！」

日南識時務地回應。身上被貼一大堆貼紙的當下，她看起來似乎有點困擾，但這人不愧是日南葵，對這種情況馬上就習慣了。

「那個姊姊拿到貼紙了！我也要！」

「嗯──？噢，那個啊，要生日才可以拿到這種貼紙喔。所以小義你不能拿。」

「喔──！原來是這樣──！大姊姊！生日快樂──！」

「啊哈哈……嗯，謝謝你！」

突然被人用那麼天真無邪的方式祝賀，日南臉上出現些許的驚訝，但她依然即時回應對方。不曉得她剛才那種反應有多少是出自真心，但看在我眼裡，我會覺得那瞬間的她是真正的她。畢竟像這樣，在掌控範圍外受他人的意志侵擾，對日南來說是最難以應付的吧。

「真是的……才剛貼沒幾分鐘就變成這樣啊？」

「呵、呵、呵！葵，真正精采的還在後頭呢～!?」

「是，我等著看。」

日南葵的生日就此揭開序幕。對於這番洗禮，日南會覺得高興，或者單純只是把它看成既定事實，淡然處之？

我不清楚那傢伙真正的想法，因此我無從得知——但這對日南來說是值得紀念的一天，至少我是打從心底感到開心，真心祝福她。我想這份純粹的心意才是最重要的。

＊　＊　＊

攜帶物品跟門票之類的都已經檢驗完畢，我們終於可以進入ＵＳＪ。

「喔喔……」

一進去就看到往昔美好年代才有的大片美式景觀。一些洋房整齊排開，前方還有幾棵高個子樹木隔著固定距離栽種，葉子的深綠和天空的藍相互輝映。四面八方傳來豪華的音樂，聽起來很像電影配樂，讓人以為這裡是正在舉辦小型慶典的外國城鎮。立來做裝飾的標誌都寫著「STOP」等英文字串，看了讓人不自覺開心起來，光只是待在這就令人沒來由感到心情雀躍——然而。

「你們大家跟我來！」

我根本沒空為此地沉醉，因為我們一行人忙著跟在泉屁股後面跑。

「大家不要跑，但要盡量走快一點！」

除了下達困難度堪稱絕妙的指令，泉還打頭陣狂走，她的表情可認真了。

這便是所謂的「定生死關鍵時刻」，將決定我們可否在遊樂園開放後馬上玩到受歡迎的遊樂器材，看樣子泉早就查好路線，知道怎麼走最有效率。她對ＵＳＪ的認真程度非同小可。

還有一點要提一下，在我們走來走去的這段時間裡，那個渾身上下都成了生日訊息活看板的日南被工作人員祝福好多次。很好啊，多說一點。

「優鈴，我們這樣走下去會先玩到什麼啊？」

「好萊塢飛火！會倒著跑的那種！」

「哦——」

我從旁聽見中村和泉的對談，碰巧這時手腕低處被人敲了幾下。轉頭看才發現是快步踩著小碎步前進的小玉玉。她的步伐比較小，要走得快必須比其他人更努力。

「友崎，你知道那是什麼嗎？」

「這個嘛……好像是——」

既然都要去ＵＳＪ玩了，那事先把相關情報調查清楚也是一項重要工作，遊戲玩家會有的心態驅使我先蒐集資訊，舉凡遊樂器材和飲食等等都調查過了。根據那些情報看來，剛才泉說的遊樂器材應該是——

「那跟一般的慘叫遊樂設施不一樣，是會向後跑的。還會上下左右瘋狂擺動，聽說在ＵＳＪ中算是特別恐怖的遊樂設施。」

「是喔！原來是那樣！好期待喔。」

小玉玉的情感沒有太大起伏，回話的聲音很平板。感覺她不怎麼害怕。這女孩不會說謊，因此這不是在逞強，她是真的對慘叫類遊樂設施不怎麼懼怕吧。可能是覺得不會出人命都沒關係。

話說我自從上了中學後，印象中都沒有再去遊樂園玩，不清楚自己是否懼怕慘叫類遊樂設施。但我也覺得死不了人都無所謂。

「我、我也很害怕……可是那個最受歡迎，如果現在逃走，之後再來排隊可能要排很久！」

「哦……照妳那樣說，其實可以換玩別的遊樂設施啊？」

泉怕歸怕，依然還是積極面對，奇怪的是中村勸她打退堂鼓。

「來都來了，本來就會想坐啊！那個最受歡迎耶！」

「好啦……是這樣沒錯……」

中村開始變得不乾不脆，對此事未明確表態……嗯，這是——

「……中村，你是不是不敢坐太嚇人的遊樂器材？」

被我這麼一說，他轉眼惡狠狠地瞪我，我還看見他握緊拳頭，要朝我的肩膀伸過來。但同樣的招數，第二次對我可不管用，不對，正確說來是已經中招好幾次了，我怎麼可能被同樣的招數命中五次，才剛察覺就跟中村迅速拉開距離。照他的反應看來，我大概猜中了。其實你可以老實說啊。

「嘖……」

「好啦！我們到了！」

泉開始盯著前方的遊樂設施看。那個機體正用很誇張的速度上下左右跑來跑去，光在下方看都充滿魄力，真不愧是驚聲尖叫系列，乘客的慘叫聲連這邊都聽得見。

而且還看見搭完下來的乘客連路都走不穩，嘴裡說著「超可怕……」有的人明顯已經虛脫，甚至還在流冷汗。

泉眨眨眼睛觀望這一切——

「……是說，接下來要怎麼辦？……真的要搭這個嗎？」

「喂，是妳說要玩的吧。」

剛才中村還被我欺負，如今泉卻被那樣的他吐槽。

＊　＊　＊

我們在號稱最受歡迎的好萊塢飛火隊列中排了幾十分鐘。等前面那幾組人搭完，接下來就會輪到我們。

「這個遊樂設施的氣氛做得真好～」

「啊，深深在害怕了。」

遊樂設施的內部裝潢忠實呈現好萊塢電影世界觀，當我們在隊伍中越排越前面，那幽暗和詭異的感覺也越發強烈。這邊有類似洞窟的通道，裡面放著看起來像人骨的裝飾品，彷彿在暗示這個遊樂設施很可怕，害我們開始不安起來。

「就、就快到了呢……」

「真的耶。妳還好嗎？」

「我會害怕……但是期待的感覺更強烈。」

在我身旁的菊池同學害怕歸害怕，依然興致盎然、積極面對。該說她果然很像小說家嗎？這種時候好奇心反而戰勝一切。

這座遊樂園一開放，我們就過來了，這是看起來最受歡迎的遊樂設施，不過泉料得沒錯，我們不用排太久，眼下就快搭到了。若是稍微晚一步，搞不好要等上一小時，或是上百分鐘，或許提早過來真的是對的。泉真不愧是主題樂園專業玩家。

「糟、糟了……心臟開始狂跳……」

然而泉自從撞見那些乘客，之後就一直在害怕，臉上明顯有著不安的色彩。菊池同學很擔心這樣的泉便過去鼓勵她，對她說「妳還好嗎……？」大天使菊池同學充滿了慈愛。

不經意地，我看見在後方不遠處望著隊列前排發呆的日南。

此時我稍微向前走了幾步。

「……日南。」

「嗯？」

看到我突然過來跟她說話，日南臉上的表情顯得有些訝異。在這次的旅行中，我還是第一次跟日南閒聊。

我覺得她現在一定不會跟我說真心話。但在她願意敞開心胸跟我說話之前，我想要跟她多說幾次話。

「像這樣的遊樂設施，日南妳都不害怕嗎？」

「……嗯——這個嘛。」

話說到這邊，日南空了一段時間沒講話，看那樣子似乎在思考。是要花時間針對我的問題做思考，還是我之前都沒找她講話，這個時候突然跟她搭話害她嚇一跳？反正我一個禮拜前就已經傳那樣的 LINE 訊息過去，她直到今天都沒有回覆，看也知道日南正在迴避我。對於跟我聊天這檔事，多少有點不情願吧。

「就算去遊樂園，我也很少去坐容易讓人尖叫的遊樂設施。所以說，我不是很清楚耶！」

「……是嗎？」

她回我的，自然又是那些戴著假面具說的空泛言詞。即便主動跟她交談的人是我好了，看日南在這種情況下如此對待我，我果然還是會覺得心酸。

感覺我彷彿與她說越多的話，我跟她的本質就會離得越遠。

只不過，剛才碰巧路過的小孩子祝日南生日快樂著實令她驚訝。只要像這樣反覆進行對話，未來或許有機會找到突破口。

因此我一面祈禱假面具會有崩落的那天，一面再度開口。

「我想看見日南嚇到哭喪臉的樣子。」

「啊哈哈。友崎同學才是，可不要半路上逃走喔？」

雖然我還是沒辦法跟「日南」說上話，但希望我的話能夠逐漸感染深藏在她心底的內在靈魂。碰到強敵就要設法測出能給予有效傷害的手段，這是攻略大魔王的基本手法。

＊　＊　＊

「終、終於輪到我們啦!?」

此時竹井的喊叫聲讓我跟著抬起臉龐，一回神才發現隊伍又往前推了，接下來會輪到我們。

大夥都做好心理準備，說時遲那時快——

「啊～！這位小姐生日快樂——！」

在遊樂設施搭乘處負責擔任引導員的工作人員一看見日南身上的貼紙，立刻送上歡快的祝福。像這樣被不認識的人祝福，自從我們來到ＵＳＪ，都不曉得是第幾次了。我覺得好像超過十次。

「啊哈哈，謝謝你。」

日南似乎早已習慣，待她道完謝，工作人員又用更開朗的語氣補上這麼一句。

「機會難得，妳可以去坐『最後面』那排！那裡是壽星專屬的位子！」

「咦。」

「最後一排位子會有很飄的感覺，是最可怕的喔！那裡剛好空著，請坐！」

就在這一刻，我知道日南臉上的假面具凍住了。

這種遊樂設施是會向後退的倒退式。換句話說，照行進方向來看，最後一排反而是第一排。

「啊——……這——」

她臉上神情僵硬，像是要找些藉口來搪塞，話裡出現不自然的停頓。

嗯，這該不會是——

「剛才妳的表情好像有點不願意？」

「……那又怎樣？」

「！」

看到日南露出那種表情，我心裡一陣歡喜。

看看那不怎麼友善的說話方式。還有帶刺的表情跟聲音。

跟在班上假扮完美女主角的她有點不一樣。

更接近在第二服裝教室看過的——NO NAME。

「妳該不會……在害怕？」

於是我拿出跟剛才一樣的語調，繼續刺激她。

我想多跟這樣的日南說說話。

之前暑假期間，日南有對我出過相關課題，如今我的「捉弄人」特技還能用在中村身上。而這樣的社交技巧，現在可不是在對付其他人，正是要用來對付日南的。

這不是為了讓她跟我戴假面具應酬，而是要逼她顯露真面目。

「其實妳很怕玩這種的吧？」

說得更正確點——應該是在日南那厚重假面具下稍微露臉的另一張假面具，名為NO NAME的假面具。

被我那麼一說，日南這才「唉——」了一聲發出嘆息，連帶挑起單側眉毛，那動作只有我能看見。

「既然你都這麼說了，那好吧。我坐就是了……不過。」

「嗯？」

緊接著日南露出截至幾個月前都還頻繁掛在臉上的嗜虐笑容。

「——友崎同學你自然要坐我旁邊囉？」

「……咦？」

「好的，那這位小姐和小兄弟請坐到最後一排！請坐請坐！」

「……什麼？」

「那麼，祝您生日快樂！路上小心！」

日南和工作人員把我推到相應座位上，這個時候安全裝置還「喀嚓」一聲收緊，等到我發現的時候，整個人已經動彈不得了。

我和日南坐上遊樂器材的最末排座位，那機器開始朝後方快速奔馳。

「咦————————!?」

「呀啊啊啊啊啊啊啊……!」

被日南的生日和 NO NAME 的嗜虐性格害到，我總算明白傳說中最可怕的最後一排倒退起來是什麼滋味。

＊　＊　＊

「嗚嗚……地面……在旋轉……」

從倒退式遊樂器材「好萊塢飛火」走下的我變得六神無主，活生生成了一具喪屍。

就在我旁邊，難得看見走起路來搖搖晃晃，臉色非常難看的日南。從那表情看也知道，她已經沒餘力去裝平常那個完美女主角了。

「嗚……超乎我預期……」

「就是啊……」

老實說我之前還有點小看它，會向後退的慘叫遊樂設施跟想像有點出入，那種恐怖是另一種恐怖。因為會不停激烈上下擺動，而且根本不曉得接下來要往哪個方向跑，在沒有心理準備的狀況下，身體還要一直被迫晃來晃去。

再加上我們坐最後一排，就連周遭景色都跟著天旋地轉，耳朵裡的三半規管完全失靈。

「都怪你……說那種多餘的話……」

「不，我們會坐到最後一排，應該怪妳的生日貼紙吧。」

「……少在那詭辯。」

「這算詭辯……？」

上氣不接下氣的我跟日南對話到一半，心中正暗自竊喜。

看看日南跟人對話的調性。還有剛才不經意對我用的第二人稱「你」。

那跟在班上扮演完美女主角會用的言詞有些出入。

「哼——其實還滿好玩的嘛……」

「還好啦，算好玩……還不錯。」

對面不遠處的中村和水澤正在比看看誰更無動於衷，但他們的腳步都有點不穩。還得顧及男人的自尊，都沒人敢示弱吧。但起碼日南對我說話的語氣變得略為冷淡這碼事，他們沒心思去注意。話說他們身旁的竹井正在那大聲喧譁，嘴裡嚷嚷「這個超恐怖的耶!?」那傢伙好直白好有精神。

「嗚嗚……我看我根本不是玩慘叫設施的料。」

「好可怕喔……怪不得最受歡迎……」

就連平常總是元氣滿滿的深實實、起頭說要玩這種遊樂設施的泉也都呈現虛脫狀態。這樣算起來，我們這群人中有超過一半的人都敗給遊樂設施。

「真的好好玩喔。」

「對啊！」

在我們之中，唯獨菊池同學和小玉玉還生龍活虎，這跟我心中的想像有點落差，真希望能扭轉一下。原本應該是菊池同學變弱，然後我帥氣登場，看起來像個男子漢這樣。菊池同學好強。

「好、好了，我們來去玩下一個！」

明明站都站不穩了，泉還是使出吃奶的力氣硬撐，大概是心中有使命感的關係，認為自己必須帶路，要讓大家用最盡興的方式遊玩USJ，即便臉色難看，她還是熱心地看著智慧手機記事本。熱情程度不輸熬夜泡訓練模式的「AttaFami」玩家。

「那接下來……要玩什麼呢？」

此時日南顯得有點無助的樣子，說話時一雙眼緊盯著泉看。眼底一直在強烈發送某種訊息——「不想再坐會讓人尖叫的遊樂設施，我們去玩更平穩的吧」。

「接下來。」

泉回話時不忘盯著自己的智慧手機看。

「我看看——記事本裡面有說……再來預計要玩『空軍恐龍』！」

「那個也是會讓人尖叫的遊樂設施吧!?」

這還真稀奇，日南在大叫。

不管是身為完美女主角的日南，還是在當NO NAME的日南，都很少看到她出現這樣的表情或喊叫聲。

不只是我，泉、水澤和其他人全都神情詫異地望著日南。

最後泉「噗噗」地笑了出來。

「——哈哈哈！」

大笑了好一陣子後，泉這才動手擦拭眼角，還一臉放心的樣子。

「怎、怎麼了……？」

「……只是覺得很棒。因為葵看起來好像很開心。」

「這哪裡開心了!?」

一臉困擾樣的日南再次出現脫序演出，泉見狀趁機加碼開口。

「那好，決定了！接下來決定去玩空軍恐龍！大家跟我來！」

「為什麼!?優鈴妳等等!?」

眼看在泉的帶領下，討日南葵歡心大賽開始逐漸變調，很好啊多來一點，我在旁邊幫忙打氣。但拜託不要連我也一起拖下水。

＊　＊　＊

數十分鐘後。

我們這夥人連續搭乘兩種慘叫系遊樂設施，目前大致上分成三股勢力。

「哎呀，超好玩的耶!?」

「嗯，竹井你也滿厲害的嘛。」

「就連景色看上去都很漂亮！」

我們在好萊塢風格區找了間咖啡廳，來到露天座就坐，各自點了飲料，一行人在坐的時候分成幾個小圈圈。在這之中，竹井、小玉玉跟菊池同學坐的那桌是最強的一桌，聚集了毫髮無傷的三個人。這樣的成員組合實在太怪異了，我覺得自己好像在看當掉的遊戲畫面。

「嗚……小玉……妳快逃……」

隔壁桌坐了深實實、我、泉和中村，剛才三半規管受到重創，這才跑到戶外透透氣，試圖讓身體恢復。在我們這群人中，深實實看上去特別虛脫，即便看見竹井的魔爪正要伸向小玉玉，她依舊無能為力。

「大家太沒用了，就我們兩個再去玩一次好了!?」

「啊哈哈，搞不好可以喔。」

「不行……小玉……危險……」

眼看小玉玉快要被竹井拐走，深實實卻什麼都做不了。我看了真想大笑幾聲，可是現在整個人暈頭轉向，連笑都笑不出來。

——除此之外，這兩張桌子總共坐了上述那七個人，那代表一件事。

「孝弘你就是這點不好吧？」

「哈哈哈，但我也不想改。」

那代表另一張桌子坐的是水澤和日南。

這兩個人剛離開遊樂設施時，受到的創傷跟我們差不多，但如今已經逐步恢復到那種地步了。是說泉原本跟他們坐同一桌，不知為何，剛剛特地搬過來這邊。

「泉……妳為什麼要來這……？」

「咦，那是因為……」

相較於我跟深實實，泉恢復得更快，她稍微壓低音量回我。

「我覺得啊……阿弘好像想趁這次出遊把葵拿下。」

「!?」

這推測實在太準確了，害我差點咬到舌頭。泉在戀愛方面的直覺怎麼會這麼敏銳啊。這就是所謂的耕耘喜好變大師嗎？

「所以……我想要試著不著痕跡幫忙，讓他們兩人獨處！」

「是、是喔……」

我的心情開始變得複雜起來，水澤希望讓對方感受到自己的心意，我是願意聲援他。但日南的私人時間會因此遭到占用，可能會害我錯失跟那傢伙再度敞開心胸對談的機會。

撇開那些不談，我是很樂見那兩個人配對，但心中又莫名感到五味雜陳，同時懷著這份謎樣的情感。

「……也對。希望他們兩人能順利發展。」

「對吧!?」

不行……
小玉……危險……

現在我說的話，某部分確實是出自真心，其餘則不盡然。

順便說一下，中村從剛才開始就一直沒有跟大家聊天，要說他身上出了什麼事——

「……嗚。」

在我們這群人之中，他受到的傷害最大，現在什麼話都說不出來，光顧著趴在桌上。

＊　＊　＊

包含中村在內，這時大家已經恢復如初。

我們一樣坐在剛才的露天座位區，現在終於不是只點飲料，身體狀況好到有辦法點午餐了。

泉有說，早上九點十點左右，幾乎所有的餐廳都會開始出現人潮，我們要盡早吃完午餐，利用其他人吃午餐的時段，到處玩遊樂設施，這樣玩起來似乎更有效率。目前時間來到上午十一點，行程安排簡直完美。看看這些行程安排都排到登峰造極了，她在訓練模式裡堪稱魔鬼級。

我們打開菜單一看，發現主要都是三明治或蛋糕之類的輕食，對於剛從受創狀態中恢復的我們來說恰到好處。選了這間餐廳的人是泉，假如她在做選擇時不忘考慮這點，那她就是ＶＩＰ魔境級的高手。

我們從菜單中選出自己想吃的，陸陸續續點餐。接著──

「生日快樂──！」

大概是泉事先打點好的吧，居然有別的女性工作人員出現，還拿了一塊蛋糕過來，上面插著一小根正啪滋啪滋噴火花的仙女棒。

只不過剛才已經被人祝賀多次的日南似乎早就習慣了，她沒有過多的慌亂反應，開口回了一句「謝謝──！」。真不愧是一流玩家，同樣的打法來太多次就沒用了──沒想到。

「原來這位客人今天生日啊──!!」

「咦？」

沒想到那個大姊姊開始對其他待在露天座位區的客人吆喝。

「大家一起唱歌吧──！來──！祝妳生日快樂──……♪」

在那位大姊姊的帶領下，就連周邊的其他客人都跟著唱起來。可能是主題樂園的超現實感起到加乘作用，大家都特別配合，對著日南唱生日快樂歌。泉似乎也沒料到事情會變成這樣，看起來有點驚訝的樣子，但她很快就融入了，開始帶著滿臉的笑容唱歌。

緊接著我們這些負責給日南生日驚喜的隊員也跟著站起來，對著日南拍手唱歌，事情演變成這樣，再加上這裡又是露天座位區，一旦有觀光客經過又愛湊熱鬧，那些人就會陸續加入。哈哈，這什麼情形。

就這樣，這角落聚集了幾十個人，他們的笑容、善意和祝賀的歌聲全都為日南而來。

「啊哈哈……」

那裡有著年紀跟我們差不多，今天也選穿制服的女高中生群。還有一群看起來超「外放」的大哥，身上穿著紅色、藍色和綠色的帽T，頭上還戴髮箍。

再加上將魔杖當成指揮棒揮動的魔法師大姊姊。以及——被這陣騷動吸引過來，裡面恐怕裝著工作人員又超寫實的恐龍群也聚集到這邊，來替日南慶生。

就算她是日南好了，我看也不曾被一整群隨機聚集的陌生人和恐龍同時慶生，只見她臉上浮現害羞的笑容，自己也跟著小幅度拍手，聽大家歌唱。話說如果遇到這種情形，該怎麼做才是對的啊？

「哈哈哈，這個厲害。」

此時插話的水澤笑得很愉快。

說真的這種事評價兩極，假如有人拿這個當驚喜替我慶生，我會覺得既開心又困擾，不過現在賞日南這種慶生方式恰恰好。

若是不做到這種地步，慶生波動根本打不中藏在厚重假面具內側的真我。試圖靠慶生突破日南的極限，泉的氣概真不是蓋的。

「祝妳生日快樂——……恭喜妳～!!」

等到人數擴增為最初三倍的圍觀群眾把歌唱完，日南似乎也做好準備——

「呼——！」

她時間點抓得很準，將蛋糕上的仙女棒吹熄。

「葵生日快樂——！」

「大姊姊生日快樂——！」

「吼喔喔喔喔喔……！」

「恭喜妳啊!?」

「生日快樂，葵。」

就這樣，除了我們還有恐龍，甚至加上那些不認識的人們，大家陸陸續續開口道賀。

「我知道了啦，謝謝你們——！這樣好害羞～！」

日南在回話的時候，眉頭還皺在一起，她的表情——好像變得比較柔和了。

＊　＊　＊

結束這段熱熱鬧鬧的用餐時間後，我們準備前往下一個目的地。

「葵，後來變得好盛大喔。」

「太盛大了啦～受不了。」

小玉玉跟日南正在對話，感覺日南好像還沒從剛才的餘韻中徹底抽身。假如我料得沒錯，也許那已經深入日南厚重的假面具和盔甲之下。

我想要試著相信，相信這場旅行將帶來可能性。

緊接著我們抵達此處——

「好棒喔——！原來還有這種地方！」

「就是啊！其實我很意外，這裡沒什麼人知道……」

望著驚訝的日南，泉用鼻音「哼哼」兩聲。

出現在我們眼前的是一間小型店鋪，那裡正在販賣某樣東西。

「那請給我這個，一份起司咖哩口味的火雞腿！」

日南接著用活力四射的語調點餐，說出聽來令人畏懼的重磅餐點名。這人十幾分鐘前還像個活死人一樣，而且我們剛剛才吃過飯吧？

「日南……妳還要吃啊？」

我懷著驚悚的心情提問，卻看見日南滿不在乎地接過巨大肉塊。那一大塊腿肉經過煙燻，上面覆蓋厚厚的咖哩和黃色起司，放了超多，然後上頭再加上紅色的醬汁，外觀一看就很夠力。

「在講什麼啊！我不是說過甜食跟起司都鬼正嗎？」

「意思是有另外一個胃來裝？」

就算還有別的胃可以裝好了，起司也放不進去吧。如果不夠飢餓，起司這種食物很難吞得下去耶。

「別管那種小事啦。要到這邊才吃得到，我一定要吃。」

看她說話的樣子會覺得一半是出於履行義務，吃起司的意願未免也太高了。

「是、是這樣嗎……？」

「我要開動──」

日南說完正打算開吃，在那瞬間卻──

「如此芬芳的香料味……這是在誘惑我啊！」

有人變成飛鼠飛撲過來，那個人就是深實實。

剛剛被慘叫系遊樂設施整到最慘不忍睹的深實實怎麼會……想到這，才憶起剛才深實實受到太大打擊，幾乎吃不下飯。怪不得一恢復就被附近的咖哩香味引誘。

「哇！」

深實實直接趁勢咬住日南的火雞腿，然後日南從另一邊咬住，加在一起變成田徑社的兩個王牌同時咬住一根火雞腿。

「喔喔──！這感覺不錯！妳們兩個別動！」

「咦!?慾動!?」

日南因咬住雞腿而說不清的字句還在耳邊迴盪，泉已將智慧手機的相機啟動，開始拍那兩個人的「美照」。

連深實實也說了聲「害沒——!?」，我在想她應該是說「還沒好——!?」。

「那接下來……妳們試著看上面——！」

拍上癮的泉徹底化身為攝影師，換好幾個姿勢拍照。

「好了——拍到不錯的照片……咦，奇怪？」

「咦？」

「嗯？」

看了照片的泉是第一個發現的，之後日南跟深實實也注意到。

那三人全都在看他們腳下的地面。那裡有一灘黃紅相間的物體。

可能是剛才那兩人一左一右勉強維持某狀態好一陣子，或者是她們不停換姿勢拍照的這段期間，在某個時間點上掉下去的。原本蓋在上面的起司咖哩淋醬已經神不知鬼不覺落在地面上了。

「對、對不起……」

「不，是我要妳們別動的……」

深實實跟泉都搶著負起責任。然而日南一直靜靜地低著頭，並將變回一根火雞腿的肉塊交到深實實手中。

「沒關係……不要緊。深實實，既然妳肚子餓就給妳吧……」

R
A
Happy
Birth

那感覺像是在說沒了起司要雞腿何用，看到日南明顯變得消沉，深實實不知道該怎麼接話，嘴裡回了句「那……」

「別在意……我沒事……」

那哪裡像是沒事的表情，日南開始沿著剛才走過的路有氣無力地走回去。

然後——

「不好意思，剛才的那個，我想再點一份。」

「又買了!?」

日南對起司的執著一樣深不可測。

＊　＊　＊

在那之後——我們總算抵達某個地方。

「啊！快看那個！」

小玉玉看見位在遠方的入口了，深實實也用力凝望，勉強才看見的她發出「……喔喔！」聲。小玉玉的視力還真好。接著我們又走一分鐘左右——

「唔喔喔喔喔喔喔——！是水管——！」

竹井在那時大叫，接著我看見眼前出現巨大的水管。YONTENDO的招牌遊戲角色會拿綠色水管當成移動工具，這個入口就是做成那種水管的樣子，在我們前方開出一個大大的洞口。看到那樣東西，所有人都為之驚嘆。

「哦——！做得好棒喔！」

「好像電玩遊戲的世界！」

深深實實和小玉玉跟著出聲，我們聽了也點點頭。

之前在玩第一個遊樂設施時，我們利用排隊時間透過智慧型手機的APP預先取得號碼牌，把那些東西交給工作人員看完後，一行人就朝著水管中走去。

走了一陣子——

「唔喔喔喔!?」

我情不自禁發出喊叫。

那是因為水管裡開始有類似蟲洞的光芒流動。

「哇！好漂亮喔。但水管的原理解釋起來原來是這樣？」

嘴裡一面說著，日南眺望著那些東西。

「好吧，其實我也在想一樣的事情。」

「啊哈哈，就說嘛。」

那個角色確實會利用水管來進行瞬間移動，但實際上解釋起來原來是像蟲洞那樣，用貼合現實的方式傳送啊。我還以為會是更特別的設定。

通過那個光洞後，出現在我們眼前的空間很像某城堡內部……話說回來。

「是早期六四遊樂器裡的城堡！」

「真的耶！」

聽到我那樣高喊，日南也開口回應。總覺得明顯只有我們兩人特別投入，這樣好嗎？

這出自堪稱 YONTENDO 代表作的遊戲，遊戲裡的某個據點是城堡，這裡就是城堡的入口大廳。全都忠實重現。

「糟糕……我整個人超感動的。」

「我能理解……但這樣就感動，接下來還怎麼撐下去？」

我跟日南純真地聊起電玩遊戲。看我們現在沒什麼隔閡的樣子，誰想得到不久之前我倆還鬧不合，就連 LINE 訊息都遭對方無視一個禮拜。一回神才發現我們兩個人已經走在群體最前端，可是發現想看的東西又會我行我素分頭盯著看，真像我們這幫個人主義者會做的事情。

接下來，我們靠近開在入口大廳上的出口。來到出口對面才發現——

「——！」

眼前這片景象實在太沒有真實感了。

就像把遊戲畫面直接搬到現實中，打造一個玩具世界。

這裡有磚瓦質感的橋，長了蘋果的樹，甚至是草地等等，整個世界都用酷似模型的質感製作而成，那些明明都是現實中的東西，卻給人超現實的感覺。

還有硬幣在旋轉，在同一個地方重複徘徊的敵方小兵，形狀長得像栗子，以及會從水管冒出來的花朵型敵人。我從小就很喜愛的世界又以令人喜愛的方式重現，每件物品的動作都是我很熟悉的。聳立在後方的敵軍頭目城堡上面還有一個入口，樣子是巨大的烏龜臉，這樣的設計明明很孩子氣，如今卻覺得美麗又帥氣。

「唔哇！好厲害！」

「哇——！好棒喔！」

我跟日南同時發出驚嘆。

這個時候日南似乎終於找回理智，先是跟我對望，接著又不服氣地將臉轉向一旁。

「……哈哈。」

這件事讓我很高興，害我一不小心就笑出來。

當然了，看到日南來這變得和我一樣開心，這點也令我欣喜。但更多的是——她剛才突然將臉轉開，那表示她是真的感到開心，到了不得不將臉轉開的地步吧。

「……這裡真的很棒呢。」

菊池同學遲了一會才抵達，聽到她用溫和的語氣那麼說，我重新審視眼前這片景象。

從很久以前開始，我跟日南就把這個世界當成遊戲世界看待了吧。

但不管怎麼說，這都含有隱喻的成分在。然而——

這下成真了──這個世界真的變成遊戲世界。

「好興奮啊⁉」

「哦，這裡做得真棒。」

大家陸陸續續抵達。竹井將他的感動轉化為大嗓門喊出來，水澤則是一臉佩服地環顧四周。但是讓水澤讚嘆的，似乎是這個設施的完美度。畢竟他平常好像很少在玩電玩遊戲。

「……！」

至於中村，他還算是喜歡玩電玩，嘴巴呈現半開狀態，一直專心眺望這個世界，眼睛眨啊眨。雖然他什麼都沒說，但心中那份感動全寫在臉上了。我懂，你的心情我都懂。

「快看！這個花朵敵人比小玉還大耶⁉」

「這有什麼好比的？」

大家各自發表感言，菊池同學則是默默無語，那雙眼睛一直在觀看所有人。

不，也許不是所有的人──

我來到菊池同學身邊。現在菊池同學並沒有看我，只是朝我這邊靠近一步。

「日南同學好像很開心呢。」

我們在談的，不是我的事情也不是她的事情。

「……對啊。在菊池同學看來也是那樣嗎？」

「是的，看起來不像在演戲。」

「……是喔。」

這我可不敢打包票。

「太好了。還好有說要來這。」

「……真的呢。」

話說到這邊，菊池同學臉上又浮現有點複雜的神情。

「我也……很慶幸。」

總覺得她說話時，語氣有多加修飾過，臉上還多了一抹溫和的笑容。

＊　＊　＊

「好棒喔！連長得像烏龜的敵人都有！」

或許是剛才已經被人撞見純真的一面，要不就是覺得沒辦法繼續隱瞞下去，這才放棄隱瞞？在這片廣大的YONTENDO遊樂世界裡，日南玩得無比盡興。

「啊哈哈，出現好多硬幣。」

只要戴上在專賣店買的腕帶，跟智慧手機裡的APP互連，來到YONTENDO遊樂世界就能使用各種小型遊樂設施，若是去敲打放置在各處的塊狀物，這麼做可以在APP裡獲得硬幣。現在日南正連續敲打那些方塊，全程笑嘻嘻的。

「真的耶！……唔哇，沒想到這裡這麼軟。」

「是啊，應該是怕小孩子受傷吧。」

「不對，這樣還算夢幻嗎？」

日南已經進入純真模式了，能夠跟上那股熱度的，放眼現場就我這麼一個。

「總覺得……葵看起來很開心。」

「對啊……好像比參加田徑更開心。」

我聽見小玉玉跟深實實在說話，但日南開心也不是什麼壞事，就當作沒聽見吧。

於是在這個 YONTENDO 遊樂世界裡面，主要都是我和日南在玩那些設施。為了避免吵醒凶暴的花朵敵人，大家要一起同心協力玩按鬧鐘遊戲。還要在迷宮裡面尋找拼圖方塊，趕在最後那道門出現前完成拼圖。

剛才被那些慘叫遊樂設施弄到精疲力竭的事彷彿不曾發生過，大家都在這邊盡情玩樂。

「完成——！拿到鑰匙了。」

「好耶！」

我跟日南將好幾個遊樂設施破關，能夠拿到的鑰匙全都拿到手了，成功將那些迷你遊戲破關完成。呵、呵、呵，身為遊戲玩家的熱血在發揮效用，才能有這樣的成績。

其實我也玩得滿開心的，這時突然發現待在不遠處的泉和水澤正看著這邊。這一看發現那兩人笑咪咪的，還對我豎起大拇指，意思像是「幹得好」。

我們這次之所以會出遊，目的就是為了給日南葵驚喜。

單就這點來看，如今的日南看上去確實在這個空間中玩得很開心，比我們先前見過的任何一刻都要來得開心。呵，果然能夠討日南歡心的非我莫屬。

＊　＊　＊

等到我們全都玩過一輪後，大夥決定再來休息一下。

有的人跑去看紀念品，有的人去上廁所，我則是跑到園區內的咖啡廳。時間差不多接近傍晚了。我們今天很早就吃午餐，現在肚子有點餓。但是時間不上不下，於是我就跟販售的咖啡廳點一杯溫熱布丁百匯外帶，打算在店鋪附近就近享用。

點完餐的我在那等待餐點，同時滿足地眺望USJ應用程式畫面，這時菊池同學走到我身旁。

「辛苦了。」

「嗯，菊池同學也是。」

緊接著我就讓菊池同學看智慧手機的螢幕，跟她炫耀。

「妳看，鑰匙都拿完了。」

「呵呵，看來你玩得很開心。」

「嗯。」

「不管是文也同學還是日南同學都一樣。」

「……是啊。」

當我點完頭，菊池同學將手放在自己的胸前。

然後用平常那種溫和、像在朗讀故事的語調續言。

「對於艾爾希雅……或許也該這樣安排才對。」

「呃——什麼意思啊？」

我反過來問她，結果菊池同學朝日南那邊看了一眼，嘴裡同時說著：

「有個像英雄般的男孩子對於她帶給自己的收穫無比感激，就帶她四處開心遊玩。就算她說不要，還是被牽著鼻子走。」

像是在展現對這個世界的愛，菊池同學繼續把話說下去。

「不只是那個男孩，就連朋友都跟著加入，大家一起對艾爾希雅表達好感，用很盛大的方式傳述。」

菊池同學說這話時，像是在守護重要之物，又像是為了守護而捨棄某些事物。

「那樣一來，也許艾爾希雅再也不會為自己無血之事感到困擾。」

「……或許……真的是那樣吧。」

對於這番說辭，某部分我是認同的，但又覺得有些不對勁。我不曉得菊池同學那番說詞中，有多少是參照這個名為「現實」的故事。

「因此我要謝謝你，文也同學。」

菊池同學此時面露微笑。

聽完她所說的話，我無言地點點頭。然後又用溫和的語氣調侃：

「不過，妳是不是說錯了，菊池同學。」

「嗯？」

畢竟我們要給的驚喜才剛起步。

「我的意思是接下來才是重頭戲。」

我這話一出，菊池同學就跟著呵呵笑。

「對喔……一定要讓她發自內心感到喜悅。」

「當然會。」

我頗具自信地點頭回應，腦子裡在想接下來的規劃。

碰巧就在這時——我看見某樣東西。

「……Found !?」

那讓我不由得發出叫喊。

隔著咖啡廳的窗戶可以看見遊樂世界中心處。那個廣場形同中繼站，可以通往各式各樣的遊樂區塊。

有個按照原比例做出來的忍者角色從陰影中現身——是我跟日南透過「AttaFami」相遇時，彼此都在使用的忍者角色 Found，他正在那擺出帥氣的姿勢。

「喂、喂喂！日南！日南！」

我下意識呼喚那個名字。她是最能跟我共享這份感動的人，我拔腿跑到她身邊。日南就在不遠處的自動販賣機前獨自購買飲料。

「咦？怎麼了？」

「是 Found！Found！」

陷入興奮狀態的我連話都說得顛三倒四，但這之中最重要的字眼並沒有漏講。

「你說 Found……難道是——」

光聽就知道我在說什麼的日南看向遊樂世界中央，緊接著——

「……！」

她一臉驚喜的樣子，開心到連話都說不出來了。彷彿跟偶像相見的少女一般，光看都能看出日南那雙眼睛在發光。

有那麼一瞬間，我想拿這件事調侃她，但馬上就打消念頭。

因為對遊戲角色的愛是不容否認的，再說——

這樣才像打從心底熱愛「AttaFami」的頂尖玩家 NO NAME。

「各位——！現在可以互動喔！」

這時有人邊跑過來邊大喊，那個人就是泉。

「互動？」

聽到那個不熟悉的字眼，我反問對方，結果泉從遠處睜著亮晶晶的雙眼回應「角色互動時間！」於是我就在腦子裡調出事先調查好的USJ相關知識，開始搜尋該字眼。

「是說可以跟遊戲角色接觸嗎!?」

「對！」

泉跟我隔了好幾公尺，在跟她對話的同時，我還往旁邊看。接著我看見日南一副迫不及待的樣子，眼神變得很燦爛，像個孩童一樣，緊盯著連續做了好幾個動作且四處動來動去，服務精神很旺盛的Found。這傢伙真是太好懂了。

「日南。」

「怎麼了？」

「我們過去吧。去跟Found見面！」

可能是我說話的語氣太過得意吧，日南換用不滿的表情望著我。

「……那種東西，不過是穿著玩偶裝的人啊。」

「哈哈……日南妳已經脫下玩偶裝囉。」

扮演完美女主角的她不可能說出那種話，聽到日南從那麼現實的角度抱怨，我拿那句話諷刺她，惹得日南皺眉回道「你、你好煩」。

不過這樣才好。我想要跟脫下玩偶裝的日南多說說話。

接著我輕輕抓住日南的手腕，邁開步伐走了起來。

「等等!?」

我拉著日南走了一步又一步，逐漸靠近 Found。

「來吧，那不是我們愛用的角色嗎？」

我話才剛說完，日南就老大不高興地瞪著我。

「你不是……嗎？」

「咦？」

她又像個小孩子在抱怨一樣。

「……你不是換角色了嗎？換成 Jack。」

簡短地說完這句，日南噘起嘴脣，像是在鬧彆扭。

原來妳在意的是這個啊，這是我心中的第一反應，但能夠再次跟日南聊「AttaFami」的事情，其實我很開心。

「哈哈……對不起啦。」

我老老實實道歉，這似乎讓日南沒那麼生氣了，原本還在抵抗的手也跟著放緩力道。

好吧，看樣子這種時候道歉是對的。畢竟我們兩個都是「AttaFami」的玩家，沒什麼比變更角色更嚴重。

「好啦……我知道了啦，你把手放開。」

「喔，抱歉。」

接著我們就過去和泉會合。泉還說「我去叫其他人過來！」之後一溜煙跑走，不知道跑哪去了。我當下有點困惑，不知道接下來該怎麼辦才好，這時看見日南一直在看 Found，我就發現答案其實只有一個。

「妳等不及了吧？」

「算是吧……既然你都那麼說了——」

「是，知道了。」

聽我答得那麼得意，日南好像不太服氣，當我一邁開步伐走動，她就跟上來走在我旁邊。

這就對了，這個距離、這份溫度。

那會讓我感到心曠神怡。

於是就我跟日南一同來到 Found 身邊——緊接著。

對方大概發現日南身上有生日貼紙吧，他出現非常誇張的驚訝反應，還跑來日南這邊。在沒發出任何聲音的情況下，做了一些像是歌舞劇才會有的華麗動作，接著彎曲一邊的膝蓋跪下來歡迎日南，像是在對她獻上祝福，伸出他的雙手。

看到這麼懂得服務觀眾的 Found，日南再次孩子氣地偷笑。

「……吶。這個 Found 明明是忍者，行動上卻很顯眼呢？」

眼下在這的她一點都不完美，只是一個熱愛「AttaFami」外加嘴巴很毒的玩家。

「妳也真是的，人家那是在祝福妳，別在意那種小事啦。」

我也樂得跟這樣的「日南」拌嘴。

＊　＊　＊

後來過沒多久。

在周邊跑來跑去的泉把所有人都找來這邊，還對他們如此提議。

「對了，機會難得，我們大家一起拍照吧！」

聽到泉這樣提議，我當然很願意了，於是我決定全力配合。

「好啊，來拍吧！可以吧？」

我積極向大家確認，他們也點點頭說「當然好」。我們過去問 Found「是否方便拍照？」然後人在附近的工作人員大姊姊馬上用開朗的語氣告訴我們「謝謝～！那樣要支付日幣一千五百圓！」。

結果日南在這時開口，說話音量只有我聽得見。

「這還要錢耶。」

她居然說出這種話，這傢伙私底下還挺惡質的。

「沒辦法，那表示我們的 Found 太受歡迎。」

「他已經跟你無關了吧？」

「又說那種話……」

像這樣偷偷拌嘴——那也是我如今在追求的。

我們將智慧手機轉到相機模式再交給那位工作人員大姊，以日南為中心，所有人圍繞在 Found 四周。

「那我們要拍囉——！來，說起司！」

就在那時。

Found 從懷中拿出小小的生日彩砲——

——砰！

色彩繽紛的紙片全朝著日南灑過去。

按下快門的聲音在同一時間響起，剛才那瞬間已經被拍成照片了。

「啊哈哈！嚇我一跳！」

看到日南開開心心說了這句話，大家都笑開了。

交還到我們手中的智慧手機拍下從滿臉笑容轉變為一臉震驚的日南，以及瞬間察覺情況不對、正向後退一步的水澤，加上沒發現任何異樣的中村和竹井，高舉雙手襯托日南的深實實和泉，與大夥相隔一步的距離，面帶微笑的小玉玉和菊池同學。

外加——剛好在那瞬間眨眼的我，還是呆立的狀態，從頭到腳都被拍下了。

「啊哈哈！軍師你也太不會挑時間！」

「少、少囉嗦……」

就連日南都拿話揶揄我。

「但這樣才像友崎同學吧？」

「喂，用這種方式解釋我的為人會不會太奇怪啦。」

一邊吐槽，我還發現一件事情。

那就是我跟日南的對話變得越來越自然。

「對了日南。」

既然如此，我想跟日南一起做某件事。

「剛才閉眼睛了，可不可以再多拍一張？」

「好是好……」

「不好意思，麻煩再幫我們多拍一張！」

日南邊看我邊點頭，那眼神像是在說「不懂你在搞什麼鬼」。

其他人也在觀望，等著看我打算做什麼。

然後我就咧嘴笑了一下。

我對著 Found 做出連手帶拳擱在脖子上的動作，再慢慢把拳頭打出去。

「！」

身為表演者，Found 似乎也看出我想做什麼了，他學我將手緊握成拳再放到脖

Happy Birthday!!

子那邊，做好相應的準備。我想日南一定也看懂了，就只有其他人看不懂吧。

「來吧，日南。」

聽見我的呼喚，剎那間日南猶豫了一下，但身為「AttaFami」的粉絲，她終究還是敵不過能跟 Found 一起做那個動作的誘惑吧。除了透過表情告知「真拿你沒辦法」，人依舊走到我和 Found 身邊，然後——

我、日南和 Found 的手背在空中交會。

這一刻被順利拍下，我們跟 Found 道謝，接著便離開現場。再拿別人還回來的智慧手機查看裡面的檔案，裡面有我、日南和 Found。

我們三個讓手背重合做出「進攻」姿態的樣子都被漂亮拍下。

雖然是我在自說自話，但不管是我還是日南臉上都有笑容，感覺是真的很享受這瞬間。

「妳是有多喜歡『AttaFami』啊？」

「就你沒資格對我說這種話。」

像這樣吵吵鬧鬧拌嘴，正好就是我今天想看到的。

＊　＊　＊

我們將 YONTENDO 遊樂世界裡的所有遊樂設施都玩遍了，再來只剩下搭恐龍形狀的交通工具悠哉環遊整座遊樂園，那個叫做「驚奇大冒險」。

「啊！輪到我們了！那我們先走啦──」

泉和中村先搭上恐龍形狀的交通工具，然後那樣東西就朝著園區慢慢開出去。

這種遊樂設施一次只能讓兩個人搭乘，其實也可以像之前那樣，隨意搭配要一起搭乘的人，不過泉提議說「既然是最後一個遊樂設施，乾脆情侶配對搭乘好了。」。於是我們先讓竹井單獨搭乘，再來是小玉玉和深實實兩人一同出發，如今輪到泉和中村。話說小玉玉和深實實算不算情侶，大家看法兩極，但拿來幫湊配對正好。至於竹井落單這檔事，我看大家不至於出現意見分歧。

再來就剩下我和菊池同學，還有日南跟水澤。

「YONTENDO 遊樂世界真的好好玩。」

在那排隊等下一輪遊樂器材到來的我回顧今日時光，開口如此說道。

「對啊，很容易把玩家心態激發出來。」

「沒想到葵原來是重度玩家？」

「啊哈哈，是說女孩子或多或少都有一些祕密嘛。」

日南和水澤在那邊交談，感覺還不錯。不過這兩個人早就是跟人對談的老手，聊來聊去還是那副德行，只不過，可能是我來旅行前聽到水澤放話的關係，我會覺得跟平常比起來，他們兩個現在好像變得更親密了。

我看看四周，發現處處都有遊戲世界的影子，如恐龍蛋、卡通風格的大樹、巨大多彩的鬆餅裝置物等等，放了很多現實世界不可能會有的東西。就連用來標示前進方向的標誌也換成遊戲裡面常常會出現的箭頭看板，讓遊戲玩家很有帶入感。

「喔，來了。那我們趕快坐上去吧。」

下一臺機體已經來了，我率先上前。

然而就在那時。

「好的，那請你先搭上去吧。」

「……咦？」

不知為何，照理說應該要跟我一起搭乘的菊池同學悄悄退到後方。

不僅如此。

「那麼葵，慢走不送——」

「咦？」

水澤還在葵背後推了一下，將她推到前方。接著對工作人員說「麻煩替這兩位帶路——」在他的催促下，日南便任由他人擺布坐到我身邊。

「等等，菊池同學!?水澤!?」

坐到機體上的我回頭張望，看到那兩個人都在笑，一副計畫好的樣子。

「文也，這樣你就欠我一次了。而且這個人情還欠大了。」

嘴裡一面說著，水澤得意地揚起嘴角。

「雖然有點嫉妒，但那是我提議要這麼做的。」

同樣的，菊池同學也在笑，這次是溫和的微笑。

「……我懂了，看來我們被算計了。」

嘴裡「唉」了一聲，發出嘆息的日南如此說道。

「那兩個人都……」

明明要在旅途中告白，卻在這種節骨眼上禮讓我行嗎？還有菊池同學，她明明平常都很在意日南的事情，如今卻為了我那麼做……

那表示這兩個人不惜自我犧牲也希望我們可以修復關係。

「……原來是這樣。」

「怎麼了？」

我一個人在那自說自話，一副恍然大悟的樣子，這讓日南用詫異的目光看我。

我要感謝他們，真心誠意感謝他們。

「不，沒什麼……既然事情都變成這樣了，機會難得，我們就好好享受吧。」

我一直期盼能找機會和日南私下長談一番，如今那段時光終於到來。

＊　＊　＊

我跟日南兩人一組，一同搭上恐龍形狀的交通工具，繞著剛才玩得不亦樂乎的YONTENDO遊樂世界外環緩慢遊走。

來的時候晴空萬里，搭上有如從電腦插畫中走出來的世界，這些都讓人印象深刻，如今這樣的遊樂世界已被略感寂寥的夕陽染紅。

「話說今天……」

此時我靜靜地開口。

等距離設置的水藍色街燈點亮了，那個超現實的世界逐漸被照亮，四處皆開滿厚度媲美坐墊的花朵，還有不知為何發出橘色光芒的蘋果。上頭有問號標誌的塊狀道具正讓問號發出白光，照亮那些刺眼的紅、藍、黃底色，並染上淡淡的夕陽色彩。

那正是我們鍾愛的童趣遊戲世界——同時也是現實。

「今天妳好像玩得很開心，太好了。」

聽到我那麼說，日南將嘴唇高高翹起，但那絕非感到無聊的表現，她不停眺望變得如玩具世界般的傍晚五點。

「雖然那個會害人尖叫的遊樂設施糟透了，但現在這區……還不錯。」

「哈哈，對吧？」

只要一靠近就會有皺眉的敵人從上面甩過來。

還有甲殼上長了翅膀，能浮在半空中、眼神看起來呆呆的紅色烏龜。

在遊戲畫面裡面看了好幾千次的遊戲角色出現在這個空間中，歡迎我們的到來。

我想這個地方充斥著我跟日南的共通語言。

「是我說要來這邊的。因為我覺得日南一定會喜歡 YONTENDO 遊樂世界。」

「……是喔。」

我跟日南展開笨拙的對話。雖然這陣沉默顯得突兀，但幸好有我們喜愛的世界圍繞著我們兩個。讓那樣的沉默不至於令人感到不快。

「話說回來……日南妳是不是已經不想再跟我有所牽扯了？」

也因為那樣，我才能自然而然切入核心。

「也不是……跟要不要繼續牽扯無關。我只是選擇做理所當然的事情。」

日南嘴上說得冷淡，話裡卻沒了平日的頑固。

「理所當然的事情？」

「我並不後悔……只不過為了自己而去利用別人的人生。那樣的關係不可能永遠維持下去吧。」

這話日南說得有些無奈，同時用懷念又寂寞的眼神望著把口香糖吹成泡泡讓自己飄在半空中的敵人。

那種表情不像第二服裝教室的她會有的，也有別於待在教室裡的日南。

「我早就知道——自己是那樣的人。」

在日南的聲音裡，隱約能聽出她在否定自己。

我不希望聽日南說出那種話。於是我深吸一口氣。

「最近我在想。」

聽足輕先生和雷娜小姐站在大人的角度道出他們的看法，我才明白一件事。

「其實人們或多或少都擔負著業障，有些東西無法與他人共享。」

這時遊樂器材逐漸朝黑暗的室內開去，讓我們眼前跟著變暗，視野變得狹窄。

「其實我懂妳的心情。因為我跟妳一樣。」

「……是在說自己的人生應該要自行背負？」

聽完日南的話，我點點頭。

「我們都喜歡獨善其身，越想跟某個人打造出特別的關係，就越容易搞砸。會去傷害那些想要親近我們的人。因為我們比較重視自己，容易把重要的人丟下，跑到離他們很遠的地方。我想其他人是無法理解這點的。」

我身上存在無法改變的特質，那正好會導致我與他人產生隔閡。

或是變得與這個世界格格不入。

而且那往往會伴隨疼痛，因為我們的本質會遭到外界否認。

「可是，會陷入這種境地的人，並不是只有我跟妳。」

「……什麼意思？」

曾經跟我有過深刻交集的人一一在心頭湧現。

「好比菊池同學，她骨子裡是個小說家。明明知道別人有不可侵犯的底線，應該要尊重他人……為了描寫故事卻還是不惜去侵擾對方，她背負了這樣的業障。我想這也不為世人所接受。」

這世上什麼樣的人都有。

「就連水澤也不例外。比起自己的真心，他更愛做表面功夫，擅長遊戲人間、攻略破關——無法對眼前的一切認真以待。他似乎曾經試著改變這樣的自己，但我想他直到現在依然沒有找到滿意的解答。只能一個接著一個不斷嘗試下去。」

身上懷著一些事物，會與這個世界產生矛盾——我想這點無人能倖免。

「小玉玉就跟我一樣，會沒來由相信自己是對的，若對方不如想像，那她就沒辦法跟對方心靈相通。所以她之前才會那麼孤單……雖然現在比較懂得圓滑處事，還是無法將所有問題都解決。」

去解決這些問題形同人生的課題。

「這樣說來——其實不只妳一個。大家在別人面前都裝得若無其事，實際上卻不是那樣。或許妳背負的東西非常極端，光是去碰觸都會覺得痛。不過——」

我借用菊池同學從前對我說過的話，用來肯定日南。

「妳——跟大家『並沒有什麼不一樣』。」

也許，不管是我還是日南——

再用另外的角度來看，從前的我們依然還是火焰人。

「所以妳不需要過得那麼孤獨。」

當我將心中所想說出口，日南臉上的表情並未出現絲毫變化，而是持續望著眼下那片遊戲與現實交錯而成的世界。

「假如事情『真的如你所說』，我或許會比較輕鬆吧。」

這樣的說法形同假說，強烈主張她說的是對的，幾乎要將我說的話全盤否決。

但我不願意放棄。

「都這樣了，若妳還是無法肯定自己……哪怕只有一點點也好。在妳可以接受的範圍就好。」

既然無法自我肯定，那我們可以互相幫助。

即便這麼說會超出個人主義的範疇。

「可不可以將日南葵背負的東西分出一部分——讓我幫忙背負？」

即便是兩個只重視自我的人要跨越這道界線——那也無妨吧。

當我說完，日南便放眼將那個世界仔細看過一遍，那眼神彷彿醉心於某種美好事物。

當下日南看見的，是這個世界的美嗎？還是回憶裡的遊戲，是看見那個遊戲的美好？又或是把這個世界當成遊戲，由此感受美好？

我猜不透。

可是——得把握當下，在這裡開口。

我想我們之間有些話得借用眼下美景才說得出口。

「我啊，其實有兩個妹妹。」

「！」

日南那零落而下的話語霎時間讓我屏住呼吸。

我想她現在要說的，跟我們之前談的皆有所不同。

我不想漏聽任何一句，不想漏看任何的表情變化，開始專心聽她訴說。

「我們三姊妹感情很好……每天都一起玩電玩。還常常用布因對戰……當然了，因為我年紀比較大，所以我最厲害。」

日南說話的語調變得有點孩子氣，可是從語氣間聽出她在緬懷歡樂的過往。

「每當我戰勝，畫面上出現『鬼正』，妹妹就會戲稱我是大魔王葵姊姊，我們每天都一起玩。」

我試著想像她當時的模樣。

當時的日南葵一定還沒變成 NO NAME。

而且還沒變成扭曲的完美女主角。

「排行老二的妹妹……名字叫做渚。她的正義感很強，懂得去相信自己……就跟你和花火很像。」

日南說話的語氣慢慢變得越來越低沉。

「渚小學六年級的時候……他們班發生霸凌事件。」

「……這樣啊。」

不知道為什麼，日南的語氣聽起來一點都不悲觀。我覺得這有點不自然，像是經過修飾。

彷彿她在害怕，若不這麼做就會被某種事實吞噬。

「渚的正義感很強，沒辦法視而不見。就算自己淪為欺負的對象，她還是選擇優先貫徹自我。」

「這不是……」

「很像對吧。跟花火很像。」

我點點頭。同時開始回想。

想起以前小玉玉被人欺負的事情。最後日南對紺野繪里香加諸的報負明顯已經超出必要程度。

「可是，到頭來卻沒能像花火那樣，迎來快樂的結局。」

接著日南用若無其事的表情繼續說話。

像是她不用這麼雲淡風輕的方式講話——自己就沒辦法繼續保持平常心。

「後來她死掉了。出了交通事故。」

「……事故？」

她的妹妹死了。我先前曾和菊池同學一起去找日南以前的同學打聽過往，從那個時候開始，我已在腦中某處設想過這種可能性。

只不過——日南在此表明那是交通事故，這是不是跟霸凌事件有什麼關聯。

我還無法具體勾勒。

「吶，nanashi。」

對方突然用我們初相遇的自稱呼喚我。

「你知道……讓我最難受的是什麼嗎？」

她說這話像是決定要讓他人介入她的私事，讓我不由得為之發顫。日南那眼神有如在問我是否已做好覺悟，牢牢地盯著我看，都沒有轉開。

「妳很珍視的妹妹去世……是這個嗎？」

「那當然、很難受。可是……還不只這樣。」

日南的語氣開始變得像在說別人的事情。

「撞到渚的駕駛是真的很後悔，還說會用盡一生來賠償，說的時候聲淚俱下。所以我想他不是在說謊。」

日南說話的感覺，聽起來跟身為完美女主角的她、身為 NO NAME 的她有點不同。

「他說渚……就好像突然渾身虛脫，整個人搖搖晃晃衝到路上。那邊沒有斑馬線，交通號誌也不是綠燈，她卻突然晃到路上。」

我彷彿在聽當時的日南葵說話，那股重力將我拉扯過去。

「你覺得——這代表什麼？」

「代表什麼是指——？」

我能做的只有這樣反問她，日南則是露出寂寞的笑容。

「——代表我再也沒機會問出真相。」

她在說那句話的時候，像是萬念俱灰。

「可能只是太疲勞，或者是當時頭暈，剛好運氣不好有車子過來，碰巧被撞

到……」

被牽引過去的我看不見前方有任何希望、線索，只有幽深的黑暗——

「還是說她真的已經厭棄這世上的一切，自己跑過去衝撞車輛。」

我想那就是日南葵眼裡看見的景色。

「那是意外還是自殺。」

日南的世界不只是灰暗——

「——這一生我再也沒機會得知真相。」

或許她的世界原本就連一絲光芒都透不進去。

日南說的話，我都聽得懂，卻覺得沒什麼真實感。

「……這樣啊。」

「因此——我也不知道要懊悔多久，這一切才有轉圜餘地。是不是該叫她睡飽一點，才不容易頭暈？還是最重要的是渚的心靈，應該建議她不要挺身而出，跑去管霸凌事件？或者跟她說即便心中覺得寂寞，渚也沒有做錯任何事情，所以不要緊，姊姊會站在妳這邊——」

當日南自責地說完這些話，她深吸一口氣，讓自己的語調恢復平靜。

然後自嘲地笑了。

「『結果』明明就擺在那邊，我卻找不到『理由和原因』。所以我不知道該從哪著手思考。」

那有違日南一直以來貫徹的美學。

「這就好像渚的死突然從我的世界中抽離。」

感覺上，用那種方式活下去跟身為玩家的日南有點相似。

「彷彿渚的死被拋到螢幕外面的世界，而那個世界與我毫無關聯。」

現實與遊戲混雜在一起，連過去和現在的界線都變得模糊不清，處在這樣的景色中，日南吐露出的過往——已然失去依據。

就連如何哀嘆都忘了，少女孤身一人眺望著那樣的世界，心中不帶任何希望。

「就算跟你說這些——也沒什麼意義吧。」

這話彷彿在狠狠擰捏那顆乾涸的心。

「……這樣啊。」

即便只是給個簡單的回應，或是說說感想，我都感到懼怕。

但是——

「謝謝妳說給我聽。」

「……不會。」

之後日南一直保持沉默，我們搭乘的恐龍遊樂器材逐漸靠近起始點。

我覺得她說的都是真話，但那並不能代表日南葵所有的人生。

現實與遊戲、過去和現在、假面具及真心話。

日南葵跟 NO NAME。

接下來那幾分鐘像是在這所有的界線間擺盪，之後我和日南從遊樂器材上走下，被這個世界漠然地趕回日常生活中。

走下來的時候踩到粗糙的砂礫，那觸感顯得特別鮮明。

「──來吧，友崎同學。我們走吧！」

這次日南說話的語氣轉為開朗，那小小的假面具再度於她臉上浮現。

＊　＊　＊

目前除了早早抽身去做生日驚喜準備的深實實和小玉玉，其他七個人都跑到 YONTENDO 遊樂世界的紀念品店去。

「我想要這個，還有這個！可是會超過預算耶!?」

「哈哈哈，這種地方在賣的紀念品都特別貴啊。」

竹井和水澤就像平常那樣，在那邊嘻嘻鬧鬧，我站在不遠處望著他們兩個。身心都還沒完全從日南的過往中回歸，害我仍顯得有些飄忽。

『想要跟日南私下說些真心話。』

來旅行之前定了那個目標，這樣算是達成了吧。

我想那八成只是日南內心祕密的一小部分，但現在已經可以跟她共享屬於她的部分故事了。

既然如此——說起我跟日南往後的發展。

就算知道那些，又能改變什麼？

想著想著，我的目光突然被店內一角吸引。

日南在販賣遊戲角色小物件的櫃位處觀看商品，看起來好像隨時都會消失不見。會那麼想只是我還無法處理好自己的心情吧。

看看日南提在手上的購物籃，已經放了好幾個馬克杯了。

我看見泉靠近日南。

「啊！這是剛才那個忍者！」

「被發現啦？對啊。」

看泉用歡快的語氣對她那麼說，日南便用沉靜的語調回應。還將馬克杯拿起來給對方看，上面畫著大大的 Found，是我們很喜愛的遊戲角色。

「要當伴手禮的？」

當泉那麼問，日南將目光別開，嘴裡欲言又止。

「……嗯。」

最後她緩緩點頭。

「這個是……**要給妹妹的紀念品。**」

「……是喔！原來啊！」

日南說話的音調比平常還要低沉，可能被泉解釋成旅途疲憊，在回話的時候並沒有覺得不對勁，最後泉跑向鄰近的商品架物色東西。

我是有朝那邊靠近幾步，但最終沒能再跟日南說任何一句話。

因為在那傢伙的購物籃中，我看到要買給妹妹的紀念品馬克杯——

全部加起來共有三個。

＊　＊　＊

「唔喔喔喔喔喔～！好想再回去玩喔!?」

「那把你丟在這好了？」

「這樣會很寂寞耶!?」

時間來到晚上七點。距離ＵＳＪ關閉還有一大段空檔，但我們還要準備慶生會，決定挑這個時間點離開。

「還好想玩的全都有玩到！只是那個會讓人尖叫的遊樂設施有點可怕！就那麼一點點而已！」

聽到泉在那調皮說笑，菊池同學點點頭。

「我也很開心……謝謝你們。」

看菊池同學禮數周到不忘特地道謝，大家對她說「不用那麼客氣啦！」紛紛給出親切的回應。

「吶，我也玩得好開心。」

「葵看起來應該是真的很開心啦。」

「說什麼啊，孝弘，你有意見？」

那兩個人開始在拌嘴，是在這場旅程中拉近距離的關係？還是說頂多只是延續先前那些表象化的應酬，外加過招？這我沒能看懂。不管有了多大的成長，我還是沒辦法看透人的內心。

接著我們就從歡樂的ＵＳＪ離開。

每當要離開遊樂園，心情都難免變得落寞。想要一直快快樂樂的——這是種孩子氣的留戀，但如今就算成了高中生，這點還是沒變。

人們會害怕施加在身上的魔法解除，那應該是人的本能吧。

然而今日不同。接下來的事對我們來說才是重頭戲。

「真的好好玩！改天還想再來！」

此時日南用明快的語調開口，加上很開朗的表情。

我在心裡想著「希望這是那傢伙的真心話」。

5看起來好像被打倒的魔王往往還有第二型態

「水澤……剛才多謝。」

等到我們離開USJ入住青年旅社後。我跟水澤一起住進只有小空間加雙層床的共宿式小房間，我們兩個擠在床鋪上坐著，當下第一件事就是向水澤道謝。

「有跟她好好聊過了嗎？」

「……有。多虧你們。」

看到我點頭，水澤笑著說「那就好」。

「水澤你想告白——」

話說到一半，我打消念頭，沒有繼續把話說完。

「感覺你好像——都沒機會告白……抱歉。」

結果水澤聽完哈哈大笑。

「我是覺得葵一下子遇到太多事情，已經多到超乎我預期了。」

「這倒是真的……不過我也沒資格說別人。」

一開始是用來慶生的貼紙、會讓人尖叫的遊樂設施，之後再到YONTENDO遊樂世界。

出自我們的善意、好意，加上一點點的搗蛋心理，感覺日南已經讓我們看到面具底下的她，次數比以往多更多。

「看上去會覺得葵是真的很開心，出乎我意料，實在太好了。」

我邊回想日南今天的樣子邊點頭。

「對，你說的我都懂。」

我還笑了一下，一副跟人是共犯的樣子。

「但我一直在想。」

當水澤再度開口，那樣子像是在回想今天發生過的事情。

「優鈴做的事情，怎麼看都覺得很常見又表象化吧？像是要玩最受歡迎的遊樂設施，還有給人驚喜的生日蛋糕等等，簡直多得要命。」

水澤說話時面帶苦笑，可是話裡的語氣一點都不帶刺。

「……雖然是那樣，她卻是真心希望對方能夠開心，這才能換來日南的笑容。」

聽他說話的語氣，並沒有羨慕他人的意思。

「就算一開始做得很表象化，最終還是能夠催動他人的熱情。」

彷彿已經找到自己想要的，雖然只有一小角，但水澤像是在摸索輪廓，嘴裡緩緩地說著。

我想起距今不久前也欠了他不少人情的事，當下便開口道：

「水澤。」

「嗯？」

「我想——都是一樣的。」

「……一樣？」

我點點頭。因為水澤說過的話——

雖然都在虛張聲勢又充滿應酬意味，是虛有其表的空泛詞語，但那還是有幫到我。

「就跟你之前對足輕先生和遠藤先生發表的演說一樣。」

我在說這話的時候，語氣充滿感激和尊敬，水澤見狀開心地笑了。

「……是這樣啊。」

眼見他的表情逐漸多了份熱度，那恐怕是為他自己而生的。

「那確實很像在玩競賽遊戲，考驗我能說出多麼動聽的話……而我最擅長說些空泛的話。」

緊接著他又笑得像個天真無邪的少年。

「但你的第一位資助者是我爭取來的——這點令人開心。」

「水澤……」

接著，水澤像是突然回過神似的，突然間站了起來。

「OK——我知道了。那我就利用我的強項再掙扎一下吧。」

「……好。」

水澤最後說的那句話，我沒能完全意會過來，但我知道那具備正面意涵。

既然如此，我只要好好替他加油就行了。這就是我的決定。

「來吧，時間也差不多了吧？」

「啊，對喔。」

自從我們離開USJ來到這個青年旅社後，深實實和小玉玉就來拜託大家，跟我們說「還要準備一下，在慶生宴開始之前，麻煩你們等一小時。」我看看時鐘發現剛好已經過完一小時。

就在這時。

門那邊響起「叩叩」的敲門聲。

「請進——」

當水澤做出回應，門隨即「喀嚓」一聲應聲開啟，接著深實實精神抖擻地露臉。

「都準備好了！你們要帶著期待的心情來一樓集合！」

「知道啦——」

「了解。」

於是接下來，我們終於要舉辦本日的主要活動。

＊　＊　＊

「葵，生日快樂～～～～!!」

等到深實實喊完，生日彩砲也跟著「砰、砰、砰」地拉開。

日南葵的驚喜慶生派對總算要開始了。

青年旅社一樓有個看起來像客廳的共用空間，我們全都聚集在那。

那裡有足以讓三人同時入座的大沙發，這些沙發共計四張，面對著彼此排放，中間夾著兩張長桌。包含下面鋪的踏墊在內，基調不是白色就是木紋，看起來既整潔又溫暖。

牆壁上還有裝設家庭用的投影機，一旁甚至附設廚房。小玉玉正在那邊弄東弄西。

「哎呀——真的要對妳說聲生日快樂。」

操著一嘴輕浮口音的水澤正坐在白色沙發上。

「真是的。生日快樂這句話，今天都已經聽到快麻痺了耶？不僅是小孩子和工作人員對我那麼說，還有恐龍呢。」

「別煩別煩！在這些人之中，最有心的非我們莫屬！」

「啊哈哈，也許是喔，謝謝。」

日南像是在跟人開玩笑，不過面對深實實的心意，她回話時露出的笑容似乎少了些防備。

是不是在YONTENDO遊樂世界那邊跟人敞開心胸聊過的關係？或者只是我多心了。感覺日南的態度似乎變得比平常更柔和，警戒心也沒那麼重。但換個角度來看，不免會讓人憶及她內心深處其實還盤踞著某種陰暗又潮溼的東西。

……不，現在不該去想那種嚴肅的事。

只要這次的驚喜可以打動日南的心，讓她開心就好。

那才是我們想做的。

「那麼各位，大家也差不多肚子餓了吧！」

「餓死我了～」

深實實出面當主持人，這時中村跟著瞎起鬨。

「那麼讓各位迫不及待的慶生晚餐即將上桌！小玉，麻煩妳啦！」

在深實實的招呼下，小玉玉將數道經碗盤盛承裝的料理陸陸續續拿過來。話說光靠小玉玉一個人可能端不完，就連竹井都跑去幫忙端菜，假如在這場旅行中讓他們兩人拉近距離，事情可就嚴重了，我們得出面守護。

「咦……這不是——」

看到端出來的餐點，日南表現出驚訝的樣子。

「喔喔!?妳注意到啦!?」

「是不是在大宮一起吃過的起司通心麵？」

「答對了！」

當深實實用調皮的方式回應，日南看似開心地笑了，同時還有點不知所措。

「哈哈哈……好棒喔。」

「之前跟葵一起去外面吃了很多好吃的起司餐點，我們學著做出大全套！」

聽到深實實下了這樣的標語，大夥立刻會意過來。

緊接著日南從桌上拿起裝了奶油培根蛋黃麵的盤子——

「這道卡邦尼是不是去年田徑大賽後，大家一起去吃的那個？」

「沒錯就是那個——！」

「……好懷念喔。」

那些都是之前日南、深實實和小玉玉一起去吃過的店。想來她們是從中挑出日南特別鍾愛的幾道，想辦法在不到一個月的時間內做準備，將那些依樣畫葫蘆重新試著製作出來。

「咦……？」

這時我的目光被放在桌上的沙拉吸引過去。

「那這個沙拉該不會是北與野的——？」

「喔喔！真不愧是軍師，一答就對!?沒錯！這個就是北與野的義式沙拉！」

「哈哈……真的假的。」

明明被慶生的人不是我，我卻莫名感到開心。

打從日南開始傳授我人生攻略技巧，我們三不五時就會來造訪這間店。我跟日南是真的很喜歡這道義式料理。

那裡充滿我和日南的回憶，或者該說別具歷史意義？總之很有意涵就對了。

……不對，應該是說——

我將排放在桌上的幾道料理看過一遍。

有生菜沙拉、卡邦尼、起司通心麵、起司番茄沙拉。

正確說來，這裡的每一道菜都有著屬於日南、深實實和小玉玉的——滿滿回憶。

「對了，葵，妳還記得嗎？」

這時小玉玉邊說邊用手指指著起司通心麵和起司番茄沙拉。

「說到這個啊，那是在我和葵、深實實變得要好後，三人第一次結伴去吃的餐廳喔。」

「……嗯，我記得。」

「然後啊？葵妳馬上二話不說點了超大起司拼盤、起司通心麵和起司番茄沙拉。」

「嗯。」

看見日南回應，小玉玉馬上用調皮的語氣接著說道：

「我說這種話不是很好聽，但當下只覺得這個女生好奇怪喔。」

「啊哈哈……原來妳當時那麼想啊？」

「嗯，可是現在……我會覺得那樣很可愛。」

「是嗎……謝謝。」

只見日南面露微笑，雙眼一直看著那一盤又一盤的料理。臉上的神情很柔和，像是在心中勾勒某些回憶，看起來一點都不像在演戲。

最後日南有些困惑地笑了，開口說了些話，聲音裡的鼻音聽起來比平常更重。

「……怎麼辦？我覺得把這些吃掉好可惜。」

「妳的心情我懂！但妳可以狠下心把這些都吃了！」

我們大夥默默看著很有默契的三人小組。

日南跟深實實是因中學時期參加社團活動才認識。小玉玉跟她們好像是從高中一年級開始相識的，按照之前說的話聽來，小玉玉似乎跟日南失去的珍愛之人很相似。

我們之間哪邊的情感更穩固、哪邊相識時間更長？其實這沒什麼好比的。不過她們三人之間的關係必定很特別，是無可取代的吧。

「好棒……好好吃！這已經跟原版的很接近了……」

此時日南開始笑吟吟地吃起生菜沙拉。吃第一口就停不下來，轉眼間那份生菜沙拉已經被日南吃掉一半以上。

「啊哈哈。葵，妳不是說捨不得吃嗎～？」

「這太好吃了，沒辦法啊。」

眼見深實實和日南在那邊拌嘴，我們也互相看了看，開始動手吃起排放在桌上的幾道菜。

「喔喔……重現度好高喔。」

吃了那個生菜沙拉，就連我都嚇一跳。當然不至於重現到原汁原味的地步。但要從無到有打造出這道菜，真的很不簡單。我看她們在嘗試過程中起碼不只失敗一兩次吧。

「是不是——!?我們跑去那間店好幾次，跟他們請教過很多東西喔！」

其他那幾道菜吃下去也能感受到高水準，雖然屬於她們的回憶無法讓我共享，可是看到日南吃著吃著又是微笑又是點頭的，我就能窺見這裡頭蘊含特別的意義。

聽說在不到一個月的時間內，深實實和小玉玉把每間餐廳都跑遍了，至於對方提供協助的部分，就是把一小部分的製作方式教給她們。然後分切食材和製作醬料都是跑到小玉玉家進行，兩個人通力合作，當天再加上保冷劑一起帶過來，寄放行李時順手放到青年旅社這邊，然後那兩個人先從ＵＳＪ離開，回到這邊烹調餐點。

「好厲害呀……原來下了這麼多功夫。」

聽我那麼說，小玉玉率真地回應。

「嗯，那當然啦。」

她說完還用柔和的目光望著日南。

「因為葵為我做了很多，就算做到這樣還是不足以回報她。」

「花火……」

緊接著小玉玉臉上出現純真的笑容，看起來一點心眼都沒有。

「所以說……我要再次跟妳說聲謝謝，葵。」

「……嗯，我也是。」

日南話說到最後，聲音都開始在顫抖了，結尾那邊還變得很軟弱。

「啊──！小玉自己先講太不夠意思了！我也想跟她說謝謝耶！」

「啊哈哈，我已經強烈感受到囉？」

「那不算！就算對方已經感受到了，我還是要講，這很重要！」

話說到這邊，深實實變得有點難為情。

「我在想……如果沒有葵，我不會去玩田徑，讀書也沒辦法讀得那麼認真……其實這一切都是有葵的支持才能辦到。」

「真是的……妳太誇張了。」

「一點都不誇張！我超認真的！」

弄到最後，深實實又開始變得有點害羞。

「所以謝謝妳！葵在這個世界上是最值得我尊敬的人！」

只見她臉都變紅了，眼睛還偷偷看著旁邊。

這跟小玉玉道謝的方式恰恰相反，但不管是哪個人說的，肯定都是真心話。

「嗯……謝謝妳們。」

因此就連那個完美女主角日南葵出面回話，也只能簡簡單單說句謝謝吧。

但令人驚訝的是，那兩人準備的驚喜還不只這些。

等到我們飯都吃得差不多了，深實實便跑向廚房。

「還有這個——這才是今天的主角！」

她邊說邊把某樣東西搬過來，是尺寸有人臉那麼大的起司蛋糕，外觀豪華絢爛。上面擺滿以莓果為主的水果，像是要讓吃的人吃得盡興，灌注滿滿的愛。不只是外觀上好吃而已，光看都覺得開心。它就是這樣的一個起司蛋糕。

這可能又是跟回憶有關的餐點，一面想著，我在一旁觀望事態進展，發現日南在看那個蛋糕的時候，臉上神情有點錯愕。

「哎呀！葵，看妳這表情，應該是認不出那個蛋糕吧!?」

「咦，唔、唔嗯。」

當日南點完頭，不曉得為什麼，小玉玉臉上神情顯得有點害臊，她接著開口。

「其實……」

說著，小玉玉從深實實手中接過那個蛋糕，慢慢把那樣東西拿過來。

「之前我有說接下來打算認真起來，幫忙經營家裡開的西點店對吧？」

聽她那麼說，想必在座所有人都知道她指的是哪件事。

小玉玉將盤子小心翼翼地放到桌子上，再端到日南面前。

然後插上寫著『生日快樂　平日謝謝妳　葵』的牌子——接著對日南露出微笑。

「這是我人生中第一個親手製作的原創蛋糕。」

小玉玉這番話令日南感到一陣訝異，接著她便笑了出來。

「討厭……妳們兩個好狡猾。」

「啊哈哈，雖然目前還要爸爸媽媽幫忙就是了。」

「……但還是很棒。」

在說話的時候，小玉玉開始用刀子切蛋糕，將一人份的蛋糕放到盤子上，然後輕輕端到日南面前。

日南一直看著那個亮晶晶又色彩繽紛的起司蛋糕。

「好了啦——！快吃快吃！」

「可是……」

「小心妳到時候一吃就停不下來。」

「哦？還真敢說？」

這兩人還是老樣子，深實實跟日南很有默契地拌嘴。

從某個角度來看，那或許也能說是一種應酬，不過——我覺得這樣也無妨。

在這之後，日南慢慢用叉子將蛋糕送入口中。

「……好好吃。」

她說話的語氣似乎透著感激之意。

對方是日南，不知道這樣的表現有多少可信性。
可是這段時光對我們九個人來說很值得珍惜。
等到日南開始吃了，我們也紛紛吃起分切到手上的起司蛋糕。
「喔喔！這個真好吃！」
水澤當下發出驚呼。
「……好棒，吃得到莓果的甜味和起司的甘醇……」
因為那個實在太好吃了，會開始變得碎嘴的阿宅壞習慣跟著跑出來。
「可以吃到小玉的蛋糕真是三生有幸啊……！」
竹井也不知道是在感動什麼，吃到都快哭出來了。
「啊哈哈……這明明是第一次做的蛋糕，卻已經能夠拿到店面上賣了呢。」
當日南面帶微笑說完，小玉玉也帶著淡淡的笑容搖搖頭說「哪有」。
「其實呢，如果按照我們家的價格來算，這個一定要打折才能賣，所以被打回票了。」
「……原來是這樣。謝謝妳，花火。」
「不客氣。」
小玉玉這時溫和地點點頭，看起來比任何人都要來得嬌小，卻是最偉大的。
接著——在聽這些對話的同時，我跟水澤互相對看。
「好，換我們了，文也、風香。」

※ 生日快樂 平日謝謝妳 葵

「喔、喔喔。」

「好、好的！」

再來是我跟水澤、菊池同學，我們一同上前。

「那、那麼──各位！」

「接下來，該來展示我們的禮物了。」

「我、我們的禮物！」

我說話有點打結，水澤講起來還是一樣流暢。菊池同學光顧著重複語尾，我們幾個來到家庭式投影機前方，三人排成一排。

假如日南剛才展露出的情感是真的。

那我希望她帶著這份心看看這樣東西。

我迅速拿出加裝USB端口並預先連結遊戲手把的觸控式筆電，將筆電跟此地附設的家庭式投影機接在一起。接著牆壁上就出現某種開場畫面。

「忍法！神射手Found」

這東西樣式簡單，圖片還是直接套用「AttaFami」現有的，但開場畫面看起來挺不錯。是將日南很喜歡的遊戲「去吧！神射手布因」代換成「AttaFami」的Found，比照原作製作而成的原創遊戲。

「啊哈哈，這是什麼？致敬影片？」

此時日南邊笑邊開口，我則是將遊戲手把放到她面前。

「哈、哈、哈。影片？可惜猜錯了——這個是致敬遊戲才對。」

「遊戲!?」

日南聽了大吃一驚，我斜眼朝她一望，接著從開場畫面的故事模式和對戰模式中選擇了對戰模式。

「妳看，真的可以動。」

「怎麼會有這個！特地做的嗎？還是你們自己做的？」

「對，菊池同學跟水澤都有幫忙，還有足輕先生出面提供協助……應該是我們委託對方製作才對。」

我這話才剛說完，日南又輕輕地笑了。

「友崎同學，你剛剛還說別人做過頭……現在根本沒資格說人家吧？」

這話說得太對了。

可是我給的回應——就跟剛才那些人一樣。

「那還用說。」

我在回話的時候，一臉自豪、態度大方。

「因為妳——為我帶來很多珍貴的收穫，欠妳的人情怎麼還都還不清。」

「……是喔。」

她將臉轉向一旁，一副在鬧彆扭的樣子，可是說話時，臉上隱約有著笑容，只見日南說完就握住眼前的遊戲手把，開始操作「忍法！神射手 Found」。

「咦……」

接著她發出驚呼。

「哈哈哈，怎麼樣，很棒對吧。」

「這操作起來的感覺……好像……」

聽到日南那麼說，我自豪地點點頭。

剛開始日南可能把這個想成套用「AttaFami」角色圖片的射擊遊戲。但這款致敬遊戲可不光注重圖像等「外在」，在請人製作的時候，我有請對方特別注意遊戲規則和操控性之類的，對遊戲構造的部分也很重視。

因此就算外觀上不同，我也敢保證玩起來的感覺——跟她以前和妹妹們一起玩的必定高度相似。

「來打吧。好久沒玩了。」

我重新握起遊戲手把。

「——一起來玩 Found 的鏡像對戰。」

聽到那句話，日南又愣了一下，可是她看起來很開心，嘴裡發出笑聲。

「求之不得……不過。」

說著，她臉上的表情逐漸變得好戰起來。

這傢伙平常跟我用「AttaFami」對戰前都會有某種表情，兩者很相似。最適合她的，果然還是這種好勝的笑容。

「說起Found，我使用這個角色的資歷比你久多了，這樣沒問題吧？」

這是真心話還是假話？出自日南之口的這番話，我已經聽不出是屬於何者了。

我想就在這瞬間，布因跟「AttaFami」已經合而為一——

——同時，那也是年幼的日南和NO NAME互相重疊的一刻。

＊　＊　＊

「先等等啦！葵也太強了吧！」

「嘿嘿——！又是我贏了。鬼正。」

眼下我們所有人正來來回回用「忍法！神射手 Found」對戰。輸的人就要離開，換下一個人上，採淘汰賽的方式進行，目前日南連一次都沒輸過，還在繼續玩。

「但這次打得很盡興——！中中辛苦了！」

「可惡，就差那麼一點點……HP明明就沒剩多少，怎麼突然變得那麼頑強。」

就在剛才，中村以些微之差輸給日南，他非常懊惱。但說真的剛才那場對戰中，序盤一直都是中村主場，狀況維持得不錯，可是來到後半段，日南在布局上都選擇低風險行動，經過一場激烈的攻防戰後，中村還是輸了。是說面對新手卻這樣玩，日南妳未免太沒品了吧。

「那這樣……是不是就十五連勝了？」

「對啊……只不過。」

菊池同學用恐懼的眼神看著日南，我則用充滿自信的語氣回應。

「我已經大致上看懂了。下次對上也沒問題。」

「喔喔！期待你的表現。」

接著中村就將遊戲手把交到我手中，我跟日南迎來第四次對決。

「這次我也會輕鬆擺平你。」

「不，這次會贏的人是我。」

我們換上遊戲玩家的身分，朝彼此說大話，這讓其他那些觀眾變得很嗨。嗯，既然以後想當職業玩家，具備這樣的服務精神也很重要吧。

接著比賽就開始了。

在這個遊戲裡，玩家可以讓遊戲角色上下移動，按下按鈕就會讓Found射出飛鏢。打中對手會造成傷害，累積一定的傷害值就會陣亡，是非常簡單的遊戲。正因為簡單，操作上的精確度就變得很重要，玩遊戲資歷較長的日南在操作上自然更為熟練，才會連續戰勝那麼多人。

不過我並非毫無勝算，空口白話說「我會贏」。

這款遊戲的特點就是角色上下移動速度偏慢，朝著相同方向持續移動則會加速，具備特殊的操控感，每個玩家都能投放兩顆必殺彈，就是在射擊遊戲中稱之為炸彈的東西。在布因裡頭，那個東西就是炸彈，可是來到神射手Found這邊，它被改成閃光彈了。

閃光彈的威力很強，只要被打中一次就會讓體力減損一半，是名副其實的一擊逆轉技。在剛才的對決中，中村之所以能夠領先日南，是因為日南在序盤操作失誤，不小心被這個閃光彈打到，主要原因就出在這。

換句話說，重點在於找出遊戲規則的破綻。那是我唯一的攻克機會。

「……」

我一直在觀察日南的動作，伺機而動。

剛才中村用炸彈打到她的時候，日南當下的反應就是線索。

閃光彈會讓玩家的最大ＨＰ減少一半，造成重大傷害。

日南算是老手，還會被那個東西打中，這恐怕並非偶然。

我這念頭才剛閃過，眼前就出現活路。

「——就是這個！」

當日南那位於左側的 Found 來到畫面左上方。我從畫面最上方稍微往下算，算出爆炸範圍能勉強掃到左上角的方位是哪，接著一口氣丟出兩顆閃光彈，兩者間只有些微的時間差。

「……！」

日南趕緊轉換方向，但已經太遲了。

因為這個遊戲——上下移動的速度很慢。

剛放出的炸彈直接命中試圖向下移動的 Found，此外——

被打到向後仰的 Found 失了先機，沒辦法利用霸體時段閃避另一個炸彈，被兩個炸彈連續擊中。

「啊————！」

眼見日南發出好大的叫聲。被兩顆閃光彈打中，這代表日南的 Found 會在那瞬間ＨＰ歸零。

「搞定——！」

當我做出獲勝動作，在旁邊觀戰的人群也跟著發出歡呼。日南一直連戰連勝，看她吃了第一個敗仗，所有人都很興奮，明明是日南的生日，她卻被大家看成敵人。

「先等一下，這種打法在日南家算是犯規！一次丟兩顆炸彈！」

「啊？在說什麼啊？」

「只要抓準時機連放兩個，一定會獲勝，做那種事會讓對決變得很無聊，所以在我們家是犯規的！一次丟兩個！」

「原來是這樣啊……不過，很可惜。」

「什麼？」

緊接著我直指要害，開始說些狗屁不通的道理。像個孩子般挺起胸膛。

「這不是『神射手布因』，而是『神射手Found』，還沒成立那種規矩。」

「唔……可、可是！」

我打斷日南的話，抬起手指搖了搖，嘴裡「嘖嘖」三聲。

「再說了，日南妳剛才說的是『兩顆炸彈』對吧？只可惜我用的是——『兩顆閃光彈』。」

這話一說完，日南便咬牙切齒又懊惱地瞪著我。

「再、再來一次。」

她也有說這種話的一天啊。

未免太不服輸了，又很孩子氣——還是該說……她這樣才像個玩家？

到這不免讓人覺得「日南這種特質跟我還真像」。

「好了啦——你們太熱衷了。」

此時泉輕輕用手刀「咚、咚」地敲了我們兩個的頭。

「遊戲玩到這邊也差不多了……再說最後還有我們準備的生日驚喜耶！」

「喔、喔對，抱歉。」我乖乖道歉。「……反正夜晚還很長，隨時想玩遊戲都行。」

「你們還要玩啊!?我們明天還有事情要做，早點睡啦!?」

事情就是這樣，開始發揮媽媽特質的泉將觸控式筆電拔掉，接著投影畫面就轉變成ＤＶＤ播放機的待機畫面。

「……要放影片？」

當日南錯愕地說完，中村跟竹井就很有自信地點點頭。

「那麼最後是『葵感謝大會』，這是來自大家的祝福！」

話說到這邊，泉將房間裡的燈都關掉。

投影機的畫面變得比剛才更加鮮明，畫面裡的影像是關友高中走廊，上頭一個人都沒有。

『葵！生日快樂！』

這時有人從畫面角落跳出來，是橘和柏崎同學等人，加起來總共有六個，都是這次沒跟我們一起出遊的班上同學。

『哎呀，是很想幫妳大肆慶祝，但唯一的問題就出在我們沒辦法跟去現場慶祝。』

『就是說啊！去年的生日是在平日。大家還一起幫妳慶祝了。』

『等妳回來，我們再來幫妳大肆慶祝一下！』

「……啊哈哈，抱歉。」

只見日南望著那些影像，嘴裡輕聲呢喃。

在這個房間裡，一片黑暗中只剩投影機的光芒，讓人看不清她的表情。

『平常葵都不願意展現脆弱的樣子，其實有的時候也可以展現出來啊！』

『喔喔！這話說得不錯～』

『不、不錯對吧！』

『那麼，祝妳有個美好的十七歲～！』

等到大家說完，那些影像就突然「噗滋」一聲中斷。

泉帶來的驚喜到此結束——還以為是那樣。

不料畫面再度亮了起來。

『葵學姊！生日快樂！』

『日南，生日快樂。』

這次的畫面是在田徑社社辦前方——大約六名左右的女學生出現在那。照這樣看來，這次換成社團的學姊學妹要對她說話吧。

『我們真的真的——很崇拜日南學姊！覺得妳跟其他學長姊很不一樣！』

『喂，好歹也崇拜崇拜我們。』

『咦——？可是妳們不夠看啊～』

『妳也真是的……』

這些致詞聽起來全都有點脫序。

與其說她們是應泉的要求拍攝影片，還不如說她們是在講述心中的真實想法，用比較親近的方式表達。

『就算日南學姊引退了，我們還是會繼續把這個社團的傳統延續下去！」

『我們也會把葵式場地整頓方法教給學妹！』

『日南學姊……給、給我的鞋帶……我……我會好好珍惜的！』

『喂別哭啦，這是生日耶，又不是要畢業。』

「啊哈哈……志摩……」

日南在笑，但我聽得出她的聲音開始參雜情感。

影片中出現各式各樣的人，有日南就讀一年級時，從田徑社離開的田徑社前顧問老師，還有在全國田徑大賽中跟她較勁的對手，以及常去大宮消費的餐廳店長，那邊的起司很美味。

『小葵！』

『日南學姊！』

『日南！』

那些人呼喚她的名字，說些話來祝福她，這也將日南以往的所作所為如實反映出來。

我想那大部分都只是日南為了「應酬」、為了「驗證」自身正確性才透過冰冷假面具構築出的關係。為了掩飾自己的弱點在利用他們罷了。

只不過。

日南出於自私的行徑——卻換來那麼多的尊敬和好感。

有這麼多人在感謝日南，希望她能開開心心，特地撥空對她獻上祝福。

我覺得，這不妨可以當成一個答案，拿來定義日南的處世之道。

「我說——日南。」

「……這下妳明白了吧？」

除了靠近被那些影像奪去目光的日南，我還用她才能聽見的音量說出心裡話。

就在那時，就近能看見日南眼裡含著水光，那只是黑暗中投影機的光芒反射在她眼中，看起來才會像淚水嗎？

還是說在這一天內，她的感情一再受到催化，這些純粹的好意早已深入日南的假面具之下？

我想真相是什麼，必定只有日南自己知道。

「……明白什麼？」

對方的聲音聽在我耳裡，像是硬要扼殺自己的情感。

「就算只是『做做樣子』，層層疊疊下還是能打動他人。」

我在說話時，腦中想起那個最近才燃起熱情，開始要積極向前的男人。

還有我跟菊池同學反覆做些表象化的事，不斷嘗試就為了讓我們的關係變得特別起來，以及——在我眼前的這名少女，她很喜歡玩電玩遊戲，一上戰場只知道埋頭猛衝，我說話時不停望著她。

「或許妳覺得做那些事只是在『驗證』。」

不管是對大家，還是對我的「人生攻略」，她都在做一樣的事情。

「可是對於妳的行動，不管是我、在座的各位、班上同學、學姊學妹，甚至是老師，大家都因此得到幫助。妳給了我們很珍貴的東西。」

這些話一定能傳達出去，傳至我想傳達之處。

「所以這樣也無妨。」

沒來由地，我相信事實便是如此。

「日南葵維持現在這樣就好。」

「——那麼，接下來是最後一則訊息！」

緊接著畫面再度變暗，泉則用歡快的語氣出面主持。

這次黑暗持續的時間比剛才還要長一點，之後才開始放映最後一段影像。

然而就在那一刻——

日南葵原本一直握在手裡的遊戲手把喀噠一聲落到地面上。

「……咦？」

被投影機放大投影出來的那幾個人，我曾經見過一次——

『——葵，生日快樂。』

是日南葵的母親，還有日南葵的妹妹。

後記

好久不見。我是屋久悠樹。

第九集發售日適逢動畫播送，之後時隔一年。當時碰巧留下那樣的結尾，讓各位等待一年令我有罪惡感，總覺得這一集的結尾也讓我產生強烈預感，預料自己將背負相同的罪孽。當時熱鬧放映的動畫播送完後，轉眼間過了一年，但我同時也在想「才過了一年啊」。

當大家拿到這本第十集，某個消息終於也可以發到各位手中了。

就是《弱角友崎同學》決定要製作新動畫！

「新動畫」究竟是什麼，這個字眼又代表什麼？這部分基於一些成人世界的理由，還不能說得那麼白，不過大家可以安心期待後續發展——不曉得這樣子表達，各位是不是都有確實接收到。這作品越推越廣，首都都快要變成大宮了。內容上大致就是這樣，如果大家能夠繼續支持，我會很開心的。

那接下來，說到動畫，我不禁想起某個橋段。之前在播送「弱角友崎同學」的時候，每週播放時，Fly 老師就會在 Twitter 上傳插畫，我猜各位應該也知道這件事了，在第一集播放時，我跟責任編輯岩淺先生、Fly 老師一道，三人一起展開同步動畫上映會。

那段時光熱熱鬧鬧，讓人非常開心，其實當時 Fly 老師曾經當著我們的面，什麼話都沒說偷偷上傳紀念插圖。

我是聽到岩淺編輯用感嘆的聲音叫著「Fly 老師……！」才會注意到那件事，害我看了也好興奮，Fly 老師只是靜靜地笑著，這點令我印象深刻。

做那麼帥氣的事情，實在很有 Fly 老師的風範，投出去的插圖畫出日南燦爛的笑容，再加上老師的這份心意，真的讓我好感動。

我想再怎麼感謝都感謝不完——因此這次有件事要跟各位鄭重稟報。

那就是本集彩頁展現出來的「便服故事性」。

在前面放什麼感動片段啊，別因為後記的空間很多就說個沒完啦，去跟 Fly 老師道歉！我彷彿聽見這些聲音，但這裡就是後記，拜託大家讓我自由發揮。我會跟 Fly 老師道歉。

那接下來。我們來聊這集的ＵＳＪ彩頁，其實這張圖在發案的時候，曾經提到「人要待在ＵＳＪ的大地球前方，男生穿便服，女生穿制服，大家一起拍紀念照。」至於細節就交給 Fly 老師全權處理。

舉個例子，像是深實實跟小玉玉戴著同樣的帽子，只有日南戴主角色的帽子。在這種穿戴物品事先講好的場面中，菊池同學自然容易變得格格不入，而她卻跟優鈴戴同款的髮箍。再來還有男生這邊，大家都穿便服前來，唯獨竹井一人穿制服。

這些都不是我或岩淺編輯指定的，而是 Fly 老師替本作安排的演出。

有了演出，背後自然會有一段故事因應而生。

例如菊池同學之所以會跟優鈴戴相同款式的髮箍，都是因為優鈴擔心她跟大家格格不入，才會事先買同款備用吧。

還有竹井可能聽說女孩子要穿制服來玩的消息，或是他跟其他男生提議「我們穿制服去！」卻遭到忽略。

這瞬間已經被插畫擷取出來，那表示不論在過去還是未來，這個世界都會永遠存在下去。也因為這樣，Fly 老師的畫才會那麼有深度。

背後一連串故事會透過服裝或表情的細微變化傳達出去。

換句話說——在這背後隱藏的故事要透過插畫來意會，不能講太多。

這正是 Fly 老師眾多的插畫魅力之一，也是我一直當老師粉絲的其中一個理由，那理由有無限個。

話說到這，還望各位回想一下，開頭那邊曾經提過動畫第一集的上映會。

Fly 老師不只事先將插畫都準備好，還沒跟我們提過半句，就在我們眼皮底下，將那些插畫偷偷上傳到 Twitter 上。

「背後隱藏的故事要透過插畫來意會，不能講太多。」

這正是老師插畫的美好之處，同時彰顯了插畫家 Fly 老師的深奧內涵。光看插畫，還有曾經發生在我周遭的相關事件，會覺得那麼說並不為過吧。

希望我的想法能有幸傳達給各位知曉。

那麼接下來要向一些人表達感謝。

給負責畫插畫的 **Fly** 老師。我接到委託，要替你在同人誌即售會上發售的同人誌寫後記，害我在短時間內送出兩則像這樣的怪怪文章，很怕被告，不安到渾身發抖。在和解的時候麻煩你手下留情。我是你的粉絲。

給責任編輯岩淺先生。每年年尾的小學館都會變得人滿為患，那已經是一大慣例了，害我開始在想小學館該不會是神社之類的，最近還會去參拜一下。

給各位讀者。原動畫已播送完畢，新作動畫也將會對外發表。我想大家又能看見很多令人開心的片段，如果各位接下來願意和我繼續相伴，攜手向前衝，我會很高興的。謝謝你們一直以來的支持。

希望下一集還有幸跟各位見面。

屋久悠樹

弱角友崎同學

弱角友崎同學

浮文字
弱角友崎同學Lv.10
（原名：弱キャラ友崎くんLv.10）

著者／屋久悠樹　繪者／Fly　譯者／楊佳慧
執行長／陳君平　美術總監／沙雲佩　國際版權／黃令歡、梁名儀
榮譽發行人／黃鎮隆　美術編輯／陳聖義　內文排版／謝青秀
協理／洪琇菁　執行編輯／楊國治
總編輯／呂尚燁　文字校對／施亞蒨

出版／城邦文化事業股份有限公司 尖端出版
台北市中山區民生東路二段一四一號十樓
電話：（〇二）二五〇〇－七六〇〇
傳真：（〇二）二五〇〇－二六八三
E-mail: 7novels@mail2.spp.com.tw
發行／英屬蓋曼群島商家庭傳媒股份有限公司城邦分公司 尖端出版
台北市中山區民生東路二段一四一號十樓
電話：（〇二）二五〇〇－七六〇〇（代表號）
傳真：（〇二）二五〇〇－一九七九
中彰投以北經銷／楨彥有限公司（含宜花東）
電話：（〇二）八九一九－三三六九
傳真：（〇二）八九一四－五五二四
雲嘉經銷／智豐圖書有限公司 嘉義公司
電話：（〇五）二三三－三八五二
傳真：（〇五）二三三－三八六三
南部經銷／智豐圖書有限公司 高雄公司
電話：（〇七）三七三－〇〇七九
傳真：（〇七）三七三－〇〇八七
香港經銷／一代匯集
香港九龍旺角塘尾道六十四號龍駒企業大廈十樓B&D室
電話：（八五二）二七八三－八一〇二
傳真：（八五二）二五八二－一五二九
新馬經銷／城邦（馬新）出版集團 Cite（M）Sdn. Bhd.
E-mail: cite@cite.com.my
法律顧問／王子文律師 元禾法律事務所
台北市羅斯福路三段三十七號十五樓
二〇二二年十一月一版一刷

■中文版■

郵購注意事項：
1.填妥劃撥單資料：帳號：50003021戶名：英屬蓋曼群島商家庭傳媒(股)公司城邦分公司。2.通信欄內註明訂購書名與冊數。3.劃撥金額低於500元，請加附掛號郵資50元。如劃撥日起 10～14日，仍未收到書時，請洽劃撥組。劃撥專線TEL：(03)312-4212 ・ FAX：(03)322-4621。E-mail：marketing@spp.com.tw

國家圖書館出版品預行編目資料

弱角友崎同學 / 屋久悠樹作；楊佳慧譯. -- 1版. -- [臺北市]：城邦文化事業股份有限公司尖端出版：英屬蓋曼群島商家庭傳媒股份有限公司城邦分公司發行，2022.11-

冊；　公分

譯自：**弱キャラ友崎くん**

ISBN 978-626-338-635-8（第10冊：平裝）

861.57　　111015922